中国现代文学大师精品集

李叔同精品集

本书编写组 ◎ 编

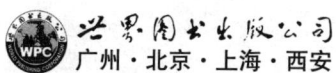

广州·北京·上海·西安

图书在版编目（CIP）数据

李叔同精品集 /《中国现代文学大师精品集》编委会编著 . —广州：广东世界图书出版公司，2009.12（2024.2 重印）

（中国现代文学大师精品集）

ISBN 978 - 7 - 5100 - 1459 - 8

Ⅰ. ①李… Ⅱ. ①中… Ⅲ. ①文学 - 作品综合集 - 中国 - 现代 Ⅳ. ①I216.2

中国版本图书馆 CIP 数据核字（2009）第 216956 号

书　　名	李叔同精品集 LISHUTONG JINGPINJI
编　　者	《中国现代文学大师精品集》编委会
责任编辑	韩海霞
装帧设计	三棵树设计工作组
出版发行	世界图书出版有限公司　世界图书出版广东有限公司
地　　址	广州市海珠区新港西路大江冲 25 号
邮　　编	510300
电　　话	020-84452179
网　　址	http://www.gdst.com.cn
邮　　箱	wpc_gdst@163.com
经　　销	新华书店
印　　刷	唐山富达印务有限公司
开　　本	787mm×1092mm　1/16
印　　张	13
字　　数	120 千字
版　　次	2009 年 12 月第 1 版　2024 年 2 月第 11 次印刷
国际书号	ISBN　978-7-5100-1459-8
定　　价	59.80 元

版权所有　翻印必究

（如有印装错误，请与出版社联系）

作者小传

李叔同,弘一法师(1880~1942),又名李息霜、李岸、李良,1880年10月23日生于天津,1942年10月13日卒于福建省泉州市。原籍浙江平湖,从祖辈起移居天津。李叔同5岁丧父,在母亲的抚养下成长。1901年入南洋公学,受业于蔡元培。1905年东渡日本留学,在东京美术学校攻油画,同时学习音乐。

1910年李叔同回国,任天津北洋高等工业专门学校图案科主任教员。1915年任南京高等师范美术主任教习。在教学中他提倡写生,开始使用人体模特,并在学生中组织洋画研究会、乐石社、宁社,倡导美育。1918年8月19日,在杭州虎跑寺剃度为僧,云游温州、新城贝山、普陀、厦门、泉州、漳州等地讲律,并从事佛学南山律的撰著。抗日战争爆发后,多次提出"念佛不忘救国、救国必须念佛"的口号,表现了深厚的爱国情怀。

李叔同是中国话剧运动的先驱、中国话剧的奠基人。1907年春节演出的《茶花女》,是国人上演的第一部话剧,李叔同的戏剧开启了中国话剧的帷幕。特别是在话剧的布景设计、化妆、服装、道具、灯光等许多艺术方面,更是起到了开风气之先的启蒙作用。

在音乐方面,李叔同是作词、作曲的大家,也是国内最早从事乐歌创作取得丰硕成果并有深远影响的人。他主编了中国第一本音乐期刊《音乐小杂志》。国内第一个用五线谱作曲的也是他。他在国内最早推广西方"音乐之王"钢琴。他在浙江一师讲解和声、对位,是西方乐理传入中国的第一人,还是"学堂乐歌"的最早推动者之一。

李叔同是中国最早介绍西洋画知识的人,也是第一个聘用裸体模特教学的人。他是中国现代版画艺术的最早创作者和倡导者。他广泛引进西方的美术派别和艺术思潮,组织西洋画研究会,其撰写的《西洋美术史》《欧洲文学之概观》《石膏模型用法》等著述,皆创下同时期国人研究之第一。他在学校美术课中不遗余力地介绍西方美术发展史和代表性画家,使中国美术家第一次全面系统地了解了世界美术大观。

李叔同在书法艺术上的成就为世人所瞩目。他的书法早期脱胎魏碑,笔势开张,逸宕灵动。后期则自成一体,冲淡朴野,温婉清拔。特别是出家后的作品,更充满了超凡的宁静和云鹤般的淡远。这是绚烂至极的平淡、雄健过后的文静、老成之后的稚朴。

李叔同的篆刻可谓独树一帜。他早年治印从秦汉入手,兼攻浙派。35岁那年入"西泠印社"。39岁在杭州虎跑定慧寺出家前,将平生篆刻作品和藏印赠与"西泠印社"。李叔同对印学的贡献还体现在他对近代篆刻事业的弘扬上。他亲自发起成立了继"西泠印社"之后的又一印学团体——乐石社,定期雅集,并编印印社作品集和史料汇编。这也是在近代篆刻史上领风气之先之事。

李叔同的诗词在近代中国文学史上同样占有一席之地。他年轻时,即以才华横溢引起文坛瞩目。出家前夕,他将1900~1907年间的20多首诗词自成书卷。出家前的五六年间,他还有30余首歌词问世。这些作品,通过艺术的手法表达了人们在相同境遇中大都会发生的思想情绪,曾经风靡一时,有的成为经久不衰的传世之作。

李叔同对联语也有浓厚兴趣,并有极高的鉴赏和创作水平。尤其是出家后,大师为各地寺院和缁素撰写的诸多嵌字联语,更表现出他的奇思妙想和深厚的艺术功底。他在宣传佛法导引终生佛化过程中,将联语这一形式作为劝人为善的巧妙手段。他书写的那些内容深刻、极富哲理的名联,现也成为警示后人的一笔宝贵的文化艺术财富。

弘一大师对佛学的贡献,主要体现在他对律宗的研究与弘扬上。弘一大师为振兴律学,不畏艰难,深入研修,潜心戒律,著书说法,实践躬行。他是近世佛教界倍受尊敬的律宗大师,也是国内外佛教界著名的高僧。

1942年10月13日,李叔同圆寂于泉州不二祠温陵养老院晚晴室。

目 录

杂文演讲

我在西湖出家的经过　3
南闽十年之梦影　8
断食日记　14
西湖夜游记　19
改过实验谈　20
改习惯　24
行脚散记　26
弘一大师最后一言　27
放生与杀生之果报　34
最后之□□　37
人生之最后　40
晚晴集　44
青年佛徒应注意的四项　51
普劝净宗道侣兼持诵地藏经　56
授三归依大意　58
敬三宝　60

现代大师精品集丛书

常随佛学　63

万寿岩念佛堂开堂演词　66

净宗问辨　69

为性常法师掩关笔示法则　73

律学要略　75

泉州开元慈儿院讲录　84

《般若波罗蜜多心经》讲录　87

佛法大意　99

药师如来法门略录　101

佛法十疑略释　103

佛法宗派大概　108

佛法学习初步　112

佛教之简易修持法　116

药师如来法门一斑　119

略述印光大师之盛德　122

图画修得法　125

水彩画略论　130

石膏模型用法　134

书　信

致刘质平(不可交寻常之友)　139

致刘质平(宜注意者)　140

致夏丏尊(代购水笔)　142

致夏丏尊(七秩寿联)　143

致夏丏尊(父病日剧)　144

致印心、宝善大和尚(遥忆法座)　145

致李圣章(剃发出家)　146

致李圣章(行旅之费)　148

李叔同精品集 2

致旧师子民、旧友子渊、彝初、少卿、钟华诸居士　149
致夏丏尊（衰病之由）　151
致刘质平（四联句）　153
致刘质平（商定船室）　154
致瑞今法师（办小学之意）　155
致刘质平（青岛）　156
致刘质平（遗嘱一印书）　157
致仁开法师（退而修德）　158
致寄慈、刘质平（减少通信）　160
致圆净居士（自之著作）　161
致奉若居士（食物之事）　162
弘一法师绝笔　164
致夏丏尊（闽中平静）　166
致刘质平（遗嘱）　168

序跋题偈

呜呼！词章！　171
《二十自述诗》序　172
《李庐印谱》序　173
《诗钟汇编初集》序　174
《李庐诗钟》自序　175
《城南草堂笔记》跋　176
《国学唱歌集》序　177
《音乐小杂志》序　178
为杨白民书座右铭跋　180
《朱贤英女士遗画集》题辞　181
赠夏丏尊篆刻题记　182
《李息翁临古法书》序　183

胡寄尘编《四上人诗钞》题记　184

晚晴院额跋　185

《华严集联三百》序　186

过化亭题记　188

《护生画集》题赞　189

《淡斋画册》题偈　190

竹园居士幼年书法题偈　191

净峰种菊临别口占　192

灵岩山印光真达二老像题词　193

马冬涵居士三异图题偈　194

永春郑翘松居士《卧云楼诗存》题偈　195

王梦惺居士文稿题赞　196

《药师经析疑》回向偈　197

受赠红菊报偈　198

临灭遗偈　199

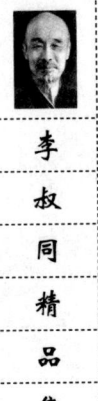

杂文演讲

我在西湖出家的经过

杭州这个地方,实堪称为佛地,因为那边寺庙之多,约有两千余所,可想见杭州佛法之盛了。

最近"越风社"要出关于西湖的《增刊》,由黄居士来函,要我做一篇《西湖与佛教之因缘》,我觉得这个题目的范围太广泛了,而且又无参考书在手,短期间内是不能做成的。所以现在就将我从前在西湖居住时,把那些值得追味的几件零碎的事情来说一说,也算是纪念我出家的经过。

一

我第一次到杭州,是光绪二十八年(1902)七月(本篇所记年月,皆依旧历)。在杭州住了约莫一个月光景,但是并没有到寺院里去过。只记得有一次到涌金门外去吃过一回茶而已,同时也就把西湖的风景稍微看了一下子。

第二次到杭州时,那是民国元年(1912)的七月里。这回到杭州倒住得很久,一直住了近十年,可以说是很久的了。我的住处在钱塘门内,离西湖很近,只两里路光景。在钱塘门外,靠西湖边有一所小茶馆,名"景春园"。我常常一个人出门,独自到景春园的楼上去吃茶。

民国初年,西湖的情形完全与现在两样——那时候还有城墙及很多柳树,都是很好看的。除了春秋两季的香会之外,西湖边的人总是很少;而钱塘门外,更是冷静了。

在景春园的楼下,有许多的茶客,都是那些摇船抬轿的劳动者居多;而在楼上吃茶的就只有我一个人了。所以我常常一个人在上面吃茶,同时还凭栏看着西湖的风景。

在茶馆的附近,就是那有名的大寺院——昭庆寺了。

我吃茶之后,也常常顺便地到那里去看一看。

民国二年夏天,我曾在西湖的广化寺里面住了好几天。但是住的地方却不是出家人的范围之内,是在该寺的旁边,有一所叫做痘神祠的楼上。

痘神祠是广化寺专门为着要给那些在家的客人住的。我住在里面的时候,有时也曾到出家人所住的地方去看看,心里却感觉很有意思呢!

记得那时我亦常常坐船到湖心亭去吃茶。

曾有一次,学校里有一位名人来演讲。那时,我和夏丏尊居士两人,却出门躲避,到湖心亭上去吃茶呢!当时夏丏尊曾对我说:"像我们这种人,出家做和尚倒是很好的。"我听到这句话,就觉得很有意思。这可以说是我后来出家的一个远因了。

二

到了民国五年的夏天,我因为看到日本杂志中有说及关于断食可以治疗各种疾病,当时我就起了一种好奇心,想来断食一下。因为我那时患有神经衰弱症,若实行断食后,或者可以痊愈亦未可知。要行断食时,须于寒冷的季候方宜。所以,我便预定十一月来作断食的时间。

至于断食的地点呢,总须先想一想及考虑一下,似觉总要有个很幽静的地方才好。当时我就和两泠印社的叶品三君来商量,结果他说在西湖附近的虎跑寺可作为断食的地点。

我就问他:"既要到虎跑寺去,总要有人来介绍才对。究竟要请谁呢?"他说:"有一位丁辅之是虎跑的大护法,可以请他去说一说。"于是他便写信请丁辅之代为介绍了。

因为从前的虎跑不像现在这样热闹，而是游客很少，且十分冷静的地方啊。若用来作为我断食的地点，可以说是最相宜的了。

到了十一月的时候，我还不曾亲自到过，于是我便托人到虎跑寺那边去走一趟，看看在哪一间房里住好？回来后，他说在方丈楼下的地方倒很幽静的。因为那边的房子很多，且平常时候都是关着，客人是不能走进去的；而在方丈楼上，则只有一位出家人住着，此外并没有什么人居住。

等到十一月底，我到了虎跑寺，就住在方丈楼下的那间屋子里。我住进去以后，常看见一位出家人在我的窗前经过（即是住在楼上的那一位）。我看到他却十分的欢喜呢！因此，就时常和他谈话，同时，他也拿佛经来给我看。

我以前虽然从五岁时，即时常和出家人见面，时常看见出家人到我的家里念经及拜忏。于十二三岁时，也曾学了放焰口。可是并没有和有道的出家人住在一起，同时，也不知道寺院中的内容是怎样的，以及出家人的生活又是如何。

这回到虎跑去住，看到他们那种生活，却很欢喜而且羡慕起来了。

我虽然只住了半个多月，但心里却十分地愉快，而且对于他们所吃的菜蔬，更是欢喜吃。及回到学校以后，我就请佣人依照他们那样的菜煮来吃。

这一次，我到虎跑寺去断食，可以说是我出家的近因了。

到了民国六年（1917）的下半年，我就发心吃素了。

三

在冬天的时候，即请了许多的经，如《普贤行愿品》、《楞严经》及《大乘起信论》等很多的佛经。自己的房里，也供起佛像来，如地藏菩萨、观世音菩萨等的像。于是亦天天烧香了。

到了这一年放年假的时候，我并没有回家去，而到虎跑寺里面去过年。我仍住在方丈楼下。那个时候，则更感觉得有兴味了，于是就发心出家。同时就想拜那位住在方丈楼上的出家人做师父。

他的名字是弘详师。可是他不肯我去拜他，而介绍我拜他的师父。他的师父是在松木场护国寺里居住。于是他就请他的师父回到虎跑寺来，而

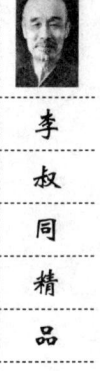

我也就于民国七年正月十五日受三归依了。

我打算于此年的暑假入山。预先在寺里住了一年后再实行出家的。当这个时候，我就做了一件海青，及学习两堂功课。

二月初五日那天，是我母亲的忌日，于是我就先于两天前到虎跑去，诵了三天的《地藏经》，为我的母亲回向。

到了五月底，我就提前先考试。考试之后，即到虎跑寺入山了。到了寺中一日以后，即穿出家人的衣裳，而预备转年再剃度。

及至七月初，夏丏尊居士来。他看到我穿出家人的衣裳但还未出家，他就对我说："既住在寺里面，并且穿了出家人的衣裳，而不出家，那是没有什么意思的。所以还是赶紧剃度好！"

我本来是想转年再出家的，但是承他的劝，于是就赶紧出家了。七月十三日那一天，相传是大势至菩萨的圣诞，所以就在那天落发。

落发以后仍须受戒的，于是由林同庄君介绍，到灵隐寺去受戒了。

灵隐寺是杭州规模最大的寺院，我一向是很欢喜的。我出家以后，曾到各处的大寺院看过，但是总没有像灵隐寺那么好！

八月底，我就到灵隐寺去，寺中的方丈和尚很客气，叫我住在客堂后面芸香阁的楼上。当时是由慧明法师做大师父的。有一天我在客堂里遇到这位法师了。他看到我时就说："既是来受戒的，为什么不进戒堂呢？虽然你在家的时候是读书人，但是读书人就能这样地随便吗？就是在家时是一个皇帝，我也是一样看待的！"那时方丈和尚仍是要我住在客堂楼上，而于戒堂里有了紧要的佛事时，方去参加一两回的。

那时候，我虽然不能和慧明法师时常见面，但是看到他那样的忠厚笃实，却是令我佩服不已的！

受戒以后，我就住在虎跑寺内。到了十二月，即搬到玉泉寺去住。此后即常常到别处去，没有久住在西湖了。

四

曾记得，在民国十二年（1923）夏天的时候，我曾到杭州去过一回。那时正是慧明法师在灵隐寺讲《楞严经》的时候。开讲的那一天，我去听

他说法。因为好几年没有看到他，觉得他已苍老了不少，头发且已斑白，牙齿也大半脱落。我当时大为感动。于拜他的时候，不由泪落不止。听说以后没有经过几年工夫，慧明法师就圆寂了。

关于慧明法师一生的事迹，出家人中晓得的很多。现在，我且举几样事情来说一说。

慧明法师是福建的汀州人。他穿的衣服却不考究，看起来很不像法师的样子，但他待人是很平等的。无论你是大好佬或是苦恼子，他都是一样地看待！所以凡是出家在家的上中下各色各样的人物，对于慧明法师是没有一个不佩服的。

他老人家一生所做的事情固然很多，但是最奇特的，就是能教化"马溜子"（马溜子是出家流氓的称呼）了。

寺院里不准这班"马溜子"居住的。他们总是住在凉亭里的时候为多。听到各处的寺院有人打斋的时候，他们就会集了赶斋去（吃白饭）。

在杭州这一带地方，"马溜子"是特别来得多。一般人总不把他们当人看待，而他们亦自暴自弃、无所不为的。但是慧明法师却能够教化"马溜子"呢！那些"马溜子"常到灵隐寺去看慧明法师，而他老人家却待他们很客气，并且布施他们种种好饮食好衣服等。他们要什么就给什么，而慧明法师有时也对他们说几句佛法。

慧明法师的腿是有毛病的。出来入去的时候，总是坐轿子居多。有一次他从外面坐轿回灵隐时，下了轿后，旁人看到慧明法师是没有穿裤子的。他们都觉得奇怪，于是就问他道："法师为什么不穿裤子呢？"他说，他在外面碰到了"马溜子"，因为向他要裤子，所以他连忙把裤子脱给他了。

关于慧明法师教化"马溜子"的事，外边的传说很多很多，我不过略举了这几样而已。不单那些"马溜子"对于慧明法师有很深的钦佩和信仰，即其他一般出家人，亦无不佩服的。

因为多年没有到杭州去了，西湖边上的马路、洋房，也渐渐修筑得很多，而汽车也一天比一天地增加。回想到我以前在西湖边上居住时，那种闲静幽雅的生活，真是如同隔世，现在只能托之梦想了。

1936年春于厦门南普陀寺述

现代大师精品集丛书

南闽十年之梦影

我一到南普陀寺,就想来养正院和诸位法师讲谈讲谈,原定的题目是"余之忏悔",说来话长,非十几小时不能讲完。近来因为讲律,须得把讲稿写好,总抽不出一个时间来,心里又怕负了自己的初愿,只好抽出很短的时间,来和诸位谈谈,谈我在南闽十年中的几件事情!

一

我第一回到南闽,在民国十七年(1928)的十一月。是从上海来的,起初还是在温州。我在温州住得很久,差不多有十年光景。

由温州到上海,是为着编辑《护生画集》的事,和朋友商量一切。到十一月底,才把《护生画集》编好。那时我听人说:尤惜阴居士也在上海。他是我旧时很要好的朋友,我就想去看一看他。一天下午我去看尤居士,居士说要到暹罗国去,第二天一早就要动身的。我听了觉得很喜欢,于是也想和他一道去。

我就在十几小时中急急地预备着。第二天早晨,天还没大亮,就赶到轮船码头,和尤居士一起动身到暹罗国去了。

从上海到暹罗,是要经过厦门的。料不到这就成了我来厦门的因缘。

十二月初,到了厦门,承陈敬贤居士的招待,也在他们的楼上吃过午饭。后来陈居士就介绍我到南普陀寺来。

那时的南普陀和现在不同。马路还没有建筑,我是坐着轿子到寺里来的。到了南普陀寺,我就在方丈楼上住了几天。时常来谈天的,有性愿老法师、芝峰法师等。芝峰法师和我同在温州,虽不曾见过面,却是很相契的。现在突然在南普陀寺晤见了,真是说不出的高兴。

我本来是要到暹罗去的,因着诸法师的挽留,就留滞在厦门,不想到暹罗国去了。

在厦门住了几天,又到小雪峰那边去过年,一直到正月半以后,才回到厦门,住在闽南佛学院的小楼上,约莫住了三个月工夫。

看到院里面的学僧虽然只有二十几位,他们的态度都很文雅。而且很有礼貌。和教职员的感情也很不差。我当时很赞美他们。这时芝峰法师就谈起佛学院的课程来。他说:"门业分得很多,时间的分配却很少,这样下去,怕没有什么成绩吧!"因此。我表示了一点意见,大约是说:"把英文和算术等删掉,佛学却不可减少,而且还得增加。就把腾出来的时间教佛学!"他们都很赞成。听说从此以后,学生的成绩确比以前好得多了。

我在佛学院的小楼上,一直住到四月间,怕将来的天气会热起来,于是又回到温州去。

第二回到南闽,是在民国十八年(1929)十月。起初在南普陀寺住了几天,以后因为寺里要做水陆,又搬到太平岩去住。等到水陆圆满,又回到寺里,在前面的老功德楼住着。

当时闽南佛学院的学生,忽然增加了两倍多,约有六十多位。管理方面不免感到困难。虽然竭力的整顿,终不能恢复以前的样子。

不久,我又到小雪峰去过年,正月半才到承天寺来。那时性愿老法师也在承天寺,在起草章程,说是想办什么研究社。不久研究社成立了,景像很好,真所谓人才济济,很有一种难以形容的盛况。现在妙释寺的善契师、南山寺的传证师以及已故南普陀寺的广究师……都是那时候的学僧呢!研究社初办几个月,常住的经忏很少,每天有工夫上课,所以成绩卓著,为别处所少见。当时我也在那边教了两回写字的方法,遇有闲空,又拿寺里那些古版的藏经来整理整理,后来还编成目录,至今留在那边。这样在

寺里约莫住了三个月。到四月，怕天气要热起来，又回到温州去。

民国二十年（1931）九月，广洽法师写信来，说很盼望我到厦门去。当时我就从温州动身到上海，预备再到厦门。但许多朋友都说："时局不大安定，远行颇不相宜！"于是我只好仍回温州。直到转年（即民国二十一年）十月到了厦门。计算起来，已是第三回了。

到厦门之后，由性愿老法师介绍，到山边岩去住。但其间，妙释寺也去住了几天。那时我虽然没有到南普陀来住。但佛学院的学僧和教职员，却是常常来妙释寺谈天的。

民国二十二年（1933）正月廿一日，我开始在妙释寺讲律。这年五月，又移到开元寺去。当时，许多学律的僧众都能勇猛精进，一天到晚地用功，从没有空过的工夫。就是秩序方面也很好，大家都啧啧地称赞着。

有一天，已是黄昏时候了，我在学僧们宿舍前面的大树下立着。各房灯火发出很亮的光，诵经之声又复朗朗入耳，一时心中觉得无限的欢慰！可是这种良好的景象不能长久地继续下去，恍如昙花一现，不久就消失了。但是当时的景象，却很深地印在我的脑中。现在回想起来，还如在大树底下目睹一般。这是永远不会消灭，永远不会忘记的啊！

十一月，我搬到草庵来过年。民国二十三年（1934）二月，又回到南普陀。当时旧友大半散了，佛学院中的教职员和学僧，也没有一位认识的！

我这一回到南普陀寺来，是准了常惺法师的约，来整顿僧教育的。后来我观察情形，觉得因缘还没有成熟。要想整顿，一时也无从着手，所以就作罢了。此后并没有到闽南佛学院去。

二

讲到这里，我顺便将我个人对于僧教育的意见，说明一下。

我平时对于佛教是不愿意去分别哪一宗、哪一派的，因为我觉得各宗各派，都各有各的长处。但是有一点，我以为无论哪一宗哪一派的学僧却非深信不可，那就是佛教的基本原则，就是深信善恶因果报应的道理——善有善报，恶有恶报；同时还须深信佛菩萨的灵感！这不仅初级的学僧应该这样，就是升到佛教大学也要这样。

现代大师精品集丛书

善恶因果报应和佛菩萨的灵感道理，虽然很容易懂，可是能彻底相信的却不多。这所谓信，不是口头说说的信，是要内心切切实实去信的呀！咳！这很容易明白的道理，若要切切实实地去信却不容易啊！

我以为无论如何，必须深信善恶因果报应和诸佛菩萨灵感的道理，才有做佛教徒的资格。须知善有善报，恶有恶报，这种因果报应是丝毫不爽的。又须知我们一个人所有的行为——一举一动，以至起心动念，诸佛菩萨都看得清清楚楚！一个人若能这样十分决定地信着，他的品行道德，自然会一天比一天地高起来！

要晓得，我们出家人（就所谓"僧宝"）在俗家人之上，地位是很高的。所以品行道德，也要在俗家人之上才行，倘品行道德仅能和俗家人相等，那已经难为情了。何况不如？又何况十分地不如呢？咳……这样他们看出家人就要十分地轻慢，十分地鄙视，种种讥笑的话也接连地来了。

记得我将要出家的时候，有一位住在北京的老朋友写信来劝告我。你知道他劝告的是什么？他说："听到你要不做人，要做僧去……"

咳！我们听到这话，该是怎样的痛心啊！他以为：做僧的都不是人。简直把僧不当人看了，你想这句话多么厉害呀！出家人何以不是人？为什么被人轻慢到这地步？我们都得自己反省一下！我想这原因都由于我们出家人做人太随便缘故，种种太随便了，就闹出这样的话柄来。

至于为什么会随便呢？那就是由于不能深信善恶因果报应和诸佛菩萨灵感的道理的缘故。倘若我们能够真正深信——十分决定地信，我想就是把你的脑袋斫掉，也不肯随便的了！

以上所说，并不是单单养正院的学僧应该牢记，就是佛教大学的学僧也应该牢记：相信善恶因果报应和诸佛菩萨灵感不爽的道理！就我个人而论，已经是将近六十的人了，出家已有二十年。但我依旧喜欢看这类的书——记载善恶因果报应和佛菩萨灵感的书。

李叔同精品集

我近来省察自己，觉得自己越弄越不像了，所以我要常常研究这一类的书，希望我的品行道德，一天高尚一天，希望能够改过迁善做一个好人，又因为我想做一个好人，同时我也希望诸位都做好人！

这一段话，虽然是我勉励我自己的，但我很希望诸位也能照样去实行。

关于善恶因果报应和佛菩萨灵感的书，印光老法师在苏州所办的弘化

社那边印得很多,定价也很低廉。诸位若要看的话,可托广洽法师写信去购请,或者他们会赠送也未可知。

三

以上是我个人对于僧教育的一点意见。下面我再来说几样事情。

我于民国二十四年(1935),到惠安净峰寺去住。到十一月,忽然生了一场大病,所以我就搬到草庵来养病。这一回的大病,可以说是我一生的大纪念!

我于民国二十五年(1936)的正月,扶病到南普陀寺来。在病床上有一只钟,比其他的钟总要慢两刻。别人看到了,总是说这个钟不准。我说:"这是草庵钟。"别人听了"草庵钟"三字还是不懂,难道天下的钟也有许多不同的吗?现在就让我详详细细地来说个明白。

我那一回大病,在草庵住了一个多月。摆在病床上的钟是以草庵的钟为标准的。而草庵的钟,总比一般的钟要慢半点。我以后虽然移到南普陀,但我的钟还是那个样子,比平常的钟慢两刻,所以"草庵钟"就成了一个名词了。

这件事由别人看来,也许以为是很好笑的吧!但我觉得很有意思。因为我看到这个钟,就想到我在草庵生大病的情形了,往往使我发大惭愧,惭愧我德薄业重。我要自己时时发大惭愧。我总是故意地把钟改慢两刻,照草庵那钟的样子,不止当时如此,到现在还是如此,而且愿尽形寿常常如此。

以后在南普陀住了几个月,于五月间才到鼓浪屿日光岩去。十二月仍回南普陀。到今年民国二十六年(1937),我在闽南居住,算起来,首尾已是十年了。

回想我在这十年之中,在闽南所做的事情,成功的却是很少很少,残缺破碎的居其大半。所以我常常自己反省,觉得自己的德行,实在十分欠缺!因此近来我自己起了一个名字,叫"二一老人"。

什么叫"二一老人"呢?这有我自己的根据。记得古人有句诗"一事无成人渐老",清初吴梅村(伟业)临终的绝命词有"一钱不值何消说"。

这两句诗的开头都是"一"字,所以我就用来做自己的名字,叫做"二一老人"。

因此我十年来在闽南所做的事,虽然不完满,而我也不怎样地去求他完满了!

诸位要晓得:我的性情是很特别的,我只希望我的事情失败,因为事情失败、不完满,这才使我常常发大惭愧!能够晓得自己的德行欠缺,自己的修善不足,那我才可努力用功,努力改过迁善。一个人如果事情做完满了,那么这个人就会心满意足,洋洋得意,反而增长他贡高我慢的念头,生出种种的过失来!所以还是不去希望完满的好!不论什么事,总希望他失败,失败才会发大惭愧!倘若因成功而得意,那就不得了!

我近来,每每想到"二一老人"这个名字,觉得很有意味。这"二一老人"的名字,也可以算是我在闽南居住了十年的一个最好的纪念!

1937年3月28日于厦门南普陀寺佛教养正院讲

断食日记

丙辰十一月二十九日（1916）：

断食换心，是一种科学的、也是哲学的试验。

告诉闻玉：断食中，不会任何亲友。不拆任何函件。不问任何事务。家中有事，南闻玉答复，处理完毕。待断食期满，告诉我。

断食中尽量谢绝一切谈话。

整天定课是练字、做印、静坐，三个段落。

食量：早餐一碗粥，中餐一碗半饭，一碗菜；晚餐，一碗饭及小菜。这是平日三分之二的食量。

晚间，准备笔、墨、纸，明天开始习字。

闻玉是一个虔诚的护法。

丙辰十一月三十日：

清早六时起床，静坐片刻，盥洗。

六点半以后，习字一点钟。

早餐，粥大半碗。饭后，静坐。九时起，习字一点钟。

午餐，饭菜各一碗。十二点后，午眠。下午二时起，静坐。

三点钟起，习字。

饥肠辘辘。

晚餐，饭菜各一碗。

饭后，静坐片刻。

就寝。

丙辰十二月一日：

六时起身，静坐。

习字功课如昨。

早餐，粥半碗，较昨日为稀。

中餐，饭菜各一碗。

午后小眠，习字如昨。

傍晚，腹中如火焚。

晚餐，饭半碗。

逐日减少活动，以静、定、安、虑做生活中心。

闻玉示我，雪子有笺。

闻玉待我，周切备至，此情永不能忘。

丙辰十二月二日：

清晨，习字、静坐如常。

早餐，稀粥半碗。

中餐，改吃粥及菜合一碗。

傍晚，空腹时，腹中熊熊然。

坚定信念，习字、静坐。

精神稍感减衰，镜中看人，略见瘦削。

晚餐，稀粥半小碗。

六时入睡。

丙辰十二月三日：

晨起，精神渐渐轻快。

早餐，稀粥半碗。

中餐,稀粥一碗,菜少许。晚餐谢绝。但饮虎跑冷泉一杯(虎跑泉,著名于杭州)。

我如一老僧坐禅,闻玉赫然韦陀!

精神蜷然,腹内干燥减少。

静坐、习字如昔。

晚六时入睡,无梦。

丙辰十二月四日:

晨起,泉水一大杯。绝稀粥。

静坐以待寂灭,习字以观性灵。

中餐,稀粥半碗,菜少许。

傍晚,泉水一杯。

习字,静坐如常。

闻玉示我,雪子笺至。"情"可畏也。

——年前曾与雪子妥商,假期来虎跑断食。

晚六时入睡。

丙辰十二月五日:

晨起,饮泉水一杯,清凉可口。

习字,静坐。

精神稳定,腹中舒泰。

中餐,稀粥半小碗,无菜。

晚,泉水一杯。

六时入眠,安静、无梦、轻快。

丙辰十二月六日:

今天,整日饮甘泉。

断绝人间烟火。

习字、静坐。

思丝、虑缕,脉脉可见。

　　文思渐起，不能自已。
　　晚间日落时入眠。

丙辰十二月七日：
丙辰十二月八日：
丙辰十二月九日：
　　静坐，习字，饮甘泉水。
　　无梦，无挂，无虑，心清，意净，体轻。
　　饮食，生理上之习惯而已！静坐时，耳根灵明，大地间无不是众生嗷嗷不息之声。

丙辰十二月十日：
丙辰十二月十一日：
　　精神界一片灵明，思潮澎湃不已。
　　法喜无垠。

丙辰十二月十二日：
　　做印一方："不食人间烟火"。
　　空空洞洞，既悲而欣。

丙辰十二月十三日：
　　依法：中餐恢复稀粥半小碗。
　　静坐，习字如昔。

丙辰十二月十四日：
　　饮食逐次增进。
　　治印："一息尚存"。
　　心胃开阔，饭食奇香。

丙辰十二月十五日：

　　丐尊当不知我来此间实行断食也。

　　一切如旧。

　　中餐用菜。

　　署别名：李婴。老子云："能婴儿乎？"

丙辰十二月十六日：

　　中餐改用饭菜。

　　习字，静坐。作室内散步。

丙辰十二月十七日：

丙辰十二月十八日：

　　七天不食人间烟火。精神、笔力、思考奇利。

丙辰十二月十九日：

　　整理各式书法一百余幅，印数方。

　　回校……

西湖夜游记

壬子七月,余重来杭州,客师范学舍。残暑未歇,庭树肇秋,高楼当风,竟夕寂坐。越六日,偕姜、夏二先生游西湖。于时晚晖落红,暮山被紫,游众星散,流萤出林。湖岸风来,轻裾致爽。乃入湖上某亭,命治茗具。又有菱芰,陈粲盈几。短童侍坐,狂客披襟,申眉高谈,乐说旧事。庄谐杂作,继以长啸,林鸟惊飞,残灯不华。起视明湖,莹然一碧;远峰苍苍,若现若隐,颇涉遐想,因忆旧游。曩岁来杭,故旧交集,文子耀斋、田子毅侯,时相过从,辄饮湖上。岁月如流,倏逾九稔。生者流离,逝者不作,坠欢莫拾,酒痕在衣。刘孝标云:"魂魄一去,将同秋草。"吾生渺茫,可唏然感矣。漏下三箭,秉烛言归。星辰在天,万籁俱寂,野火闇闇,疑似青磷;垂杨沉沉,有如酣睡。归来篝灯,斗室无寐,秋声如雨,我劳如何?目瞑意倦,濡笔记之。

1912年8月于浙江杭州浙江一师作

改过实验谈

今朝旧历新年,请观厦门全市之中,新气象充满——门户贴新联,人多着新衣;口言"恭贺新禧,新年大吉"等。我等素信佛法之人,当此万象更新时,亦应一新乃可。我等所谓"新"者何?亦如常人贴新联着新衣等以为"新"乎?曰:不然!我等所谓"新"者,乃是改过自新也,但"改过自新"四字,范围太广,若欲演讲,不知从何说起。今且就余五十年来修省改过所实验者,略举数端,为诸君言之。

余于讲说之前,有须预陈者,即是以下所引诸书,虽多出于儒书,而实合于佛法。因谈玄说妙,修证次第,自以佛书,最为详尽。而我等初学之人,持躬敦品,处事接物等法,虽佛书中亦有说者,但儒书所说,尤为明白详尽,适于初学。故今多引之,以为吾等学佛法者之一助焉。以下分为总论、别示二门。

一

总论者,即是说明改过之次第:

一学　须先多读佛书儒书,详知善恶之区别及改过迁善之法。倘因佛儒诸书浩如烟海,无力遍读,而亦难于了解者,可以先读《格言联璧》一

部。余自儿时，即读此书；归信佛法以后，亦常常翻阅，甚觉其亲切而有味也。此书佛学书局有排印本，甚精！

二省　既已学矣，即须常常自行省察，所有一言一动为善欤，为恶欤？若为恶者，即当痛改。除时时注意改过之外，又于每日临睡时，再将一日所行之事，详细思之。能每日写录日记尤善！

三改　省察以后，若知是过，即力改之。诸君应知：改过之事，乃是十分光明磊落，足以表示伟大之人格。故子贡云："君子之过也，如日月之食焉。过也人皆见之，更也人皆仰之。"又古人云："过而能知，可以谓明。知而能改，可以即圣。"诸君可不勉乎！

二

别示者，即是分别说明余五十年来改过迁善之事。但其事甚多，不可胜举。今且举十条为常人所不甚注意者，先与诸君言之。

《华严经》中皆用十之数目，乃是用"十"以表示无尽之意。今余说改过之事，仅举十条亦尔，正以示余之过失甚多，实无尽也。此次讲说时间甚短，每条之中仅略明大意，未能详言。若欲知者，且俟他日面谈耳。

一虚心

常人不解善恶，不畏因果，决不承认自己有过，更何论改？但古圣贤则不然。今举数例，孔子曰："五十以学易，可以无大过矣。"又曰："闻义不能徙，不善不能改，是吾忧也。"蘧伯玉为当时之贤人，彼使人于孔子。孔子与之坐而问焉。曰："夫子何为？"对曰："夫子欲寡其过而未能也。"圣贤尚如此虚心，我等可以贡高自满乎？

二慎独

吾等凡有所作所为，起念动心，佛菩萨乃至诸鬼神等，无不尽知尽见。若时时作如是想，自不敢胡作非为。曾子曰："十目所视，十手所指，其严乎！"又引诗云："战战兢兢，如临深渊，如履薄冰。"此数语为余所常常忆念不忘者也。

三 宽厚

造物所忌，曰刻曰巧。圣贤处事，惟宽惟厚。古训甚多，今不详录。

四 吃亏

古人云："我不识何等为君子，但看每事肯吃亏的便是。我不识何等为小人，但看每事好便宜的便是。"古时有贤人某临终，子孙请遗训，贤人曰："无他言，尔等只要学吃亏。"

五 寡言

此事最为紧要！孔子云："驷不及舌。"可畏哉！古训甚多，今不详录。

六 不说人过

古人云："时时检点自己且不暇，岂有工夫检点他人。"孔子亦云："躬自厚而薄责于人。"以上数语，余常不敢忘。

七 不文己过

子夏曰："小人之过也必文。"我众须知文过乃是最可耻之事。

八 不覆己过

我等倘有得罪他人之处，即须发大惭愧，生大恐惧，发露陈谢，忏悔前愆。万不可顾惜体面，隐忍不言，自诳自欺。

九 闻谤不辩

古人云："何以息谤？曰：无辩！"又云："吃得小亏，则不至于吃大亏。"余三十年来屡次经验，深信此数语真实不虚。

十 不瞋

瞋习最不易除。古贤云："二十年治一'怒'字，尚未消磨得尽。"但我等亦不可不尽力对治也。《华严经》云："一念瞋心，能开百万障门。"可

不畏哉!

三

因限于时间,以上所言者殊略,但亦可知改过之大意。最后,余尚有数言,愿为诸君陈者:改过之事,言之似易,行之甚难。故有屡改而屡犯,自己未能强作主宰者,实由无始宿业所致也。

务请诸君更须常常持诵阿弥陀佛名号,观世音、地藏诸大菩萨名号,至诚至敬,恳切忏悔无始宿业,冥冥中自有不可思议之感应。承佛菩萨慈力加被,业消智朗,则改过自新之事,庶几可以圆满成就。现生犹入圣贤之域,命终往生极乐之邦,此可为诸君预贺者也。

常人于新年时,彼此晤面皆云"恭喜",所以贺其将得名利。余此次于新年时,与诸君晤面亦云"恭喜",所以贺诸君将能真实改过,不久将为贤为圣。不久决定往生极乐,速成佛道,分身十方,并能利益一切众生耳。

1933年1月26日(农历春节)在厦门妙释寺讲

改习惯

吾人因多生以来之夙习,及以今生自幼所受环境之熏染,而自然现于身口者,名曰习惯。

习惯有善有不善,今且言其不善者。常人对于不善之习惯,而略称之曰习惯。今依俗语而标题也。

在家人之教育,以矫正习惯为主。出家人亦尔。但近世出家人,惟尚谈玄说妙。于自己微细之习惯,固置之不问。即自己一言一动,极粗显易知之习惯,亦罕有加以注意者。可痛叹也。

余于三十岁时,即觉知自己恶习惯太重,颇思尽力对治。出家以来,恒战战兢兢,不敢任情适意。但自愧恶习太重,二十年来,所矫正者百无一二。

自今以后,愿努力痛改。更愿有缘诸道侣,亦皆奋袂兴起,同致力于此也。

吾人之习惯甚多。今欲改正,宜依如何之方法耶?若胪列多条,而一时改正,则心劳而效少,以余经验言之,宜先举一条乃至三四条,逐日努力检点,既已改正,后再逐渐增加可耳。

今春以来,有道侣数人,与余同研律学,颇注意于改正习惯。数月以来,稍有成效,今愿述其往事,以告诸公。但诸公欲自改其习惯,不必尽

依此数条，尽可随宜酌定。余今所述者、特为诸公作参考耳。

学律诸道侣，已改正习惯，有七条。

一、食不言。现时中等以上各寺院，皆有此制，故改正甚易。

二、不非时食。初讲律时，即南大众自己发心，同持此戒。后来学者亦尔。遂成定例。

三、衣服朴素整齐。或有旧制，色质未能合宜者，暂作内衣，外罩如法之服。

四、别修礼诵等课程。每日除听讲、研究、抄写、及随寺众课诵外，皆别自立礼诵等课程，尽力行之。或有每晨于佛前跪读《法华经》者，或有读《华严经》者，或有读《金刚经》者，或每日念佛一万以上者。

五、不闲谈。出家人每喜聚众闲谈，虚丧光阴。废弛道业，可悲可痛！今诸道侣，已能渐除此习。每于食后，或傍晚、休息之时，皆于树下檐边，或经行、或端坐，若默诵佛号、若朗读经文、若默然摄念。

六、不阅报。各地日报，社会新闻栏中，关于杀盗淫妄等事，记载最详。而淫欲诸事，尤描摹尽致。虽无淫欲之人，常阅报纸，亦必受其熏染，此为现代世俗教育家所痛慨者。故学律诸道侣，近已自己发心不阅报纸。

七、常劳动。出家人性多懒惰，不喜劳动。今学律诸道侣，皆已发心，每日扫除大殿及僧房檐下，并奋力作其他种种劳动之事。

以上已改正之习惯，共有七条。

尚有近来特实行改正之二条，亦附列于下：

一、食碗所剩饭粒。印光法师最不喜此事。若见剩饭粒者、即当面痛诃斥之。所谓施主一粒米、恩重大如山也。但若烂粥烂面留滞碗上、不易除去者，则非此限。

二、坐时注意威仪。垂足坐时、双腿平列。不宜左右互相翘架，更不宜耸立或直伸。余于在家时，已改此习惯。且现代出家人普通之威仪，亦不许如此。想此习惯不难改正也。

总之，学律诸道侣，改正习惯时，皆由自己发心。决无人出命令而禁止之也。

1933 年 7 月 11 日在泉州承天寺讲

行脚散记

癸酉十一月十一日，居草庵。十五日讫二十日，讲《梵网经戒本》。十二月一日讫三日，讲《药师经》，回向故瑞意法师（二月二日复念佛回向）。除夕夜，讲蕅益大师"普说"二则。甲戌元旦讫十四日，讲《四分律羯磨》初、二篇。十九日、二十日讲《羯磨》。二十一日为蕅益大师涅槃日，设供并讲大师遗作《祭颛愚大师文》、《德林座右铭》二首。二十二日夜与大众行蒙山施食，回向鬼众及草庵已故诸蜜蜂等。二月三日之厦门南普陀寺，开讲《四分律行事钞资持记》。为书弘律愿誓句，并记二月余行事，赠芳远居士，以为遗念焉。沙门演音，时年五十又五。

1934年春书赠李芳远居士

现代大师精品集丛书

弘一大师最后一言

——谈写字的方法

李叔同精品集

我到闽南这边来,已经有十年之久了。

前几年冬天的时候,我也常常到南普陀寺来。看到大殿、观音殿及两廊旁边的栏杆上,排列了很多的花,尤其正在过年的时候,更是多得很,多得很。

其中有一种名叫"一品红"的(按闽南人称为圣诞花,其顶端之叶均作红色。学名为 Euphorbia Pulcherrima),颜色非常的鲜明,非常的好看,可以说是南国特有的一种风味,特有的色彩。每当残冬过去、春天快到来的时候,把它摆出来,好像是迎春的样子,而气象确也为之一新。

我于去年冬天到这里来,心中本来预料着,以为可以看到许多的"一品红"了。岂知一到的时候,空空洞洞,所看到的,尽是其他的花草,因而感到很伤心。为什么?以前那么多的"一品红"现在到哪里去了呢?找来找去,找了很久,只在那新功德楼的地方,发现了三棵,都是憔悴不堪,颜色不大鲜明很怨惨的样子。也没有什么人要去赏玩了。于是使我联想到佛教养正院:过去的时候,也曾经有很光荣的历史,像那些"一品红"一样,欣欣向荣,有无限生机;可是现在,则有些衰败的气象了。

养正院开办已经三年了,这期间,自然有很多可纪念的事迹,可是观察其未来,则很替它悲观,前途很不堪设想。我现在在南普陀这里,还可以看到养正院的招牌,下一次再来的时候。恐怕看不到了。这一次,也许可以说是我"最后的演讲"。

一

这一次所要讲的,是这里几位学生的意思——要我来讲《关于写字的方法》。

我想写字这一回事,是在家人的事,出家人讲究写字有什么意思呢?所以,这一讲讲写字的方法,我觉得很不对。因为出家人假如只会写字,其他学问一点也不知道,尤其不懂得佛法,那可以说是佛门的败类。须知出家人不懂得佛法,只会写字,那是可耻的。出家人唯一的本分,就是要懂得佛法,要研究佛法。不过,出家人并不是绝对不可以讲究写字的,但不可用全副精神,去应付写字就对了;出家人固应对于佛法全力研究,而于有空的时候,写写字也未尝不可。写字如果写到了有些样子能写对子、中堂来送与人,以作弘法的一种工具,也不是无益的。

倘然只能写得几个好字,若不专心学佛法,虽然人家赞美他写字怎样的好,那也不过是"人与字传"而已。我觉得:出家人字虽然写得不好,若是很有道德,那么他的字是很珍贵的,结果是能够"字以人传";如果对于佛法没有研究,而是没有道德,纵能写得很好的字,这种人在佛教中是无足轻重的了,他的人本来是不足传的。即能"人以字传"——这是一桩可耻的事。就是在家人也是很可耻的。

今天虽然名为讲写字的方法其实我的配音是要劝诸位来学佛法的。因为大家有了行持,能够研究佛法,才可利用闲暇时间,来谈谈写字的法子。

关于写字的源流、派别,以及笔法、章法、用墨……古人已经讲得很清晰了,而且有很多的书可以参考,我不必多讲。现在只就我个人关于写字的心得及经验,随便来说一说。

诸位写字的成绩很不错。但是每天每个人只限定写一张,而且只有一个样子是不对的。每天练习写字的时候,应该将篆书、大楷、中楷、小楷

四个样子,都要多多地写与练习。如果没有时间,关于中楷可以略掉;至于其他的字样,是缺一不可的,且要多练习才对。我有一点意见,要贡献给诸位,下面说的几种方法,我认为是很重要的。

二

我对于发心学写字的人,总是劝他们:先由篆字学起。为什么呢?有几种理由:

(一)可以顺便研究《说文》,对于文字学,便可以有一点常识了。因为一个字一个字都有它的来源,并不是凭空虚构的,关于一笔一画,都不能随随便便乱写的。若不学篆书,不研究《说文》,对于字学及文字的起源就不能明白——简直可以说是不认得字啊!所以写字若由篆书入手,不但写字会进步,而且也很有兴味的。

(二)能写篆字以后,再学楷书,写字时一笔一画,也就不会写错的了。我以前看到养正院几位学生所抄写的稿子,写错的字很多很多。要晓得:写错了字,是很可耻的——这正如学英文的人一样,不能把字母拼错一个。若拼错了字,人家怎么认识呢?写错了我们自己的汉文字,更是不可以的。我们若先学会了篆书,再写楷字时,那就可以免掉很多错误。此外,写篆字也可以为写隶书、楷书、行书的基础。学会了篆字之后,对于写隶书、楷书、行书就很容易——因为篆书是各种写字的根本。

若要写篆字的话,可以先参看《说文》这一类的书。有一部清人吴大澂的《说文部首》,那是不可缺少的。因为这部书很好,便于初学,如果要学写字的话,先研究这一部书最好。

既然要发心学写字的话,除了写篆字而外,还有大楷、中楷、小楷,这几样都应当写。我以前小孩子的时候,都通通写过的。至于要学一尺二尺的字,有一个很简便的方法:那就可用大砖来写,平常把四块大砖拼合起来,做成桌子扎的样子而且用架子架起来也可以当桌子用;要学写大字,却很方便,而且一物可供两用了。

大笔怎样得到呢?可用麻扎起来做大笔,要写时,就可以任意挥毫。大砖在南方也许不多,这里倒有一个方面可以替代:就是用水门汀拼起来成为桌子。而用麻来写字,这都是一样了。这样一来,既可练习写字,而纸及笔,也就经济得多了。

篆书、隶书及至行书都要写,样样都要学才好;一切碑帖也都要读,至少要浏览一下才可以。照以上的方法学了一个时期以后,才可专写一种或专写一体。这是由博而约的方法。

三

至于用笔呢?算起来有很多种。如羊毫、狼毫、兔毫等。普通是用羊毫,紫毫及狼毫亦可用,并不限定哪一种。最要注意的一点,就是写大字须用大笔,千万不可用小笔!用小的笔写大字,那是很错误的。宁可用大笔写小字,不可以用小笔写大字。

还有纸的问题。市上所售的油光纸是很便宜的,但太光滑,很难写。若用本地所产的粗纸,就无此毛病的了。我的意思:高年级的同学可用粗纸,低年级的可用油光纸。

此地所用的有格子的纸,是不大适合的,和我们从前的九宫格的纸不同。以我的习惯而论,我用九宫格的方法就不是这个样子。现在画在下面,并说明我的用法:

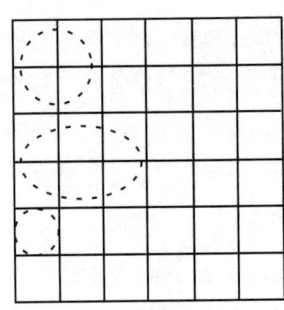

写大楷时用

写篆字时用

写中楷时用

(即写大楷用两行两格共四方小格,写篆字时用两行三小格共六小格,写中楷时用一行一格。)

若用这种格子的纸,写起字来,是很方便的,这样一来,每个字都有规矩绳墨可守的。如果写大楷时,两线相交的地方,成了一个十字形,就

不致上下左右不对称了。要晓得：写字总不能随随便便。每个字的地位要很正，要不偏左不偏右，不上不下，要有一定的标准。因为线有中心点，初学时注意此线，则写起字来，自然会适中很"落位"了。

平常写字时，写这个字，眼睛专看这个字，其余的字就不管，这也是不对的。因为上面的字，与下面的字都有关系的——即全部分的字，不论上下左右，都必须连贯才可以。这一点很要紧，须十分注意。不可以只管写一个字，其余的一切不去管它。因为写字要使全体都能够配合，不能单就每个字去看的。

再有一点须十分注意的：当我们写字的时候，切不可倚在桌上，须使腕高高地悬起来，才可以运用如意。

写中楷悬腕固好，假如肘部要倚着，那也无妨。至于小楷，则可以倚在桌上，不必悬腕的。

四

以上所说的，是写字的初步法门。现在顺便讲讲关于写对联、中堂、横披、条幅等的方法。

我们写对联或中堂。就所写的一幅字而论，是应该有章法的。普通的一幅中堂，论起优劣来，有几种要素须注意的。现在估量其应得的分数如下：

章法五十分；

字三十五分；

墨色五分；

印章十分。

就以上四种要素合起来，总分数可以算上一百分。其中并没有平均的分数。我觉得其差异及分配法，当照上面所分配的样子才可以。

一般人认为每个字都很要紧，然而依照上面的记分，只有三十五分。大家也许要怀疑，为什么章法反而占多数呢？就章法本身而论，它之所以占着重要的原因，理由很简单——在艺术上有所谓三原则，即：

（一）统一；

（二）变化；

（三）整齐。

这在西洋绘画方面是认为很重要的。我便借来用在此地，以批评一幅字的好坏。我们随便写一张字，无论中堂或对联，普通将字排列起来，或横或直，首先要能够统一，字与字之间，彼此必须相联络、互相关系才可以的。

就写字的章法而论大略如此。说起来很简单，却不是一蹴可就的。这需要经验的、多多地练习，多看古人的书法及碑帖，养成赏鉴艺术的眼光，自己能常去体认，从经验中体会出来，然后才可以慢慢地养成，有所成就。

所谓墨色要怎样才可以？即质料要好，而墨色要光亮才对。还有，印章盖坏了，也是不可以的。盖的地方要位置设中，很落位才对。所谓印章，当然要刻得好，印章上的字须写得好。至于印色，也当然要好的。盖用时，可以盖一颗、两颗。印章有圆的方的，大的小的不一，且有种种的区别。如何区别及使用呢？那就要于写字之后再注意盖用，因为它也可以补救写字时章法的不足。

五

以上所说的，是关于写字的基本法则。可当做一种规矩及准绳讲，不过是一种呆板的方法而已。

写字最好的方法是怎样，用哪一种方法才可以达到顶好顶好的呢？我想诸位一定很热心的要问。

我想了又想，觉得要写好字，还是要多多地练习，多看碑，多看帖才对，那就自然可以写得好了。

诸位或者要说，这是普通的方法，假如要达到最高的境界须如何呢？我没有办法再回答。曾记得《法华经》有云："是法非思量分别之所能解。"我便用这句子，只改了一个字，那就是"是字非思量分别之所能解"了。因为世间上无论哪一种艺术，都是非思量分别之所能解的。

即以写字来说，也是要非思量分别，才可以写得好的；同时要离开思量分别，才可以鉴赏艺术，才能达到艺术的最上乘的境界。

记得古来有一位禅宗的大师,有一次人家请他上堂说法,当时台下的听众很多,他登台后默默地坐一会儿以后,即说:"说法已毕。"便下堂了。所以,今天就写字而论,讲到这里,我也只好说"谈写字已毕了。"

假如诸位用一张白纸(完全是白的),没有写上一个字,送给教你们写字的法师看,那么他一定说:"善哉,善哉!写得好,写得好!"

诸位听了我所讲的以后,要明白我的意思——学佛法最为要紧。如果佛法学得好,字也可以写得好的。不久会泉法师要在妙释寺讲《维摩经》,诸位有空的时候,要去听讲,要去研究。经典要多多地参考,才能懂得佛法。

我觉得最上乘的字或最上乘的艺术,在于从学佛中得来。要从佛法研究出来,才能达到最上乘的地步。所以诸位若学佛法有一分的深入,那么字也会有一分的进步,能十分的去学佛法,写字也可以十分的进步。

今天所说的已经很够了。奉劝诸位:以后要勤求佛法,深研佛法。

1937 年 3 月 28 日在厦门南普陀佛教养正院讲

放生与杀生之果报

今日与诸君相见，先问诸君：（一）欲延寿否？（二）欲愈病否？（三）欲免难否？（四）欲得子否？（五）欲生西否？

倘愿者。今有一最简便易行之法奉告。即是放生也。

古今来，关于放生能延寿等之果报事迹甚多。今每门各举一事，为诸君言之。

一、延寿

张从善，幼年，尝持活鱼，刺指痛甚。自念我伤一指，痛楚如是。群鱼剔腮剖腹，断尾刳鳞，其痛如何？特不能言耳。遂尽放之溪中，自此不复伤一物，享年九十有八。

二、愈病

杭州叶洪五，九岁时，得恶梦，惊寤，呕血满床，久治不愈。先是彼甚聪颖，家人皆爱之，多与之钱，已积数千缗。至是。其祖母指钱曰："病至不起，欲此何为？"尽其所有，买物放生，及钱尽，病遂全愈矣。

三、免难

嘉兴孔某,至一亲戚家。留午餐,将杀鸡供馔。孔力止之,继以誓,遂止。是夕宿其家,正捣米,悬石杵于朽梁之上。孔卧其下。更余,已眠。忽有鸡来啄其头,驱去复来,如是者三。孔不胜其扰,遂起觅火逐之。甫离席,而杵坠,正在其首卧处。孔遂悟鸡报恩也。每举以告人,劝勿杀生。

四、得子

杭州、杨墅庙,甚有灵感。绍兴人倪玉树,赴庙求子。愿得子日,杀猪羊鸡鹅等谢神。夜梦神告曰,汝欲生子,乃立杀愿何耶?倪叩首乞示。神曰:尔欲有子,物亦欲有子也。物之多子者莫如鱼虾螺等,尔盍放之!倪自是见鱼虾螺等,即买而投之江。后果连产五子。

五、生西

湖南张居士,旧业屠,每早宰猪,听邻寺晓钟声为准。一日忽无声。张问之,僧云:夜梦十一人乞命,谓不鸣钟可免也。张念所欲宰之猪,适有十一子。遂乃感悟。弃屠业,归依佛法。勤修十余年,已得神通,知去来事。预告命终之日,端坐而逝。经谓上品往生,须慈心不杀,张居士因戒杀而得往生西方,决无疑矣。

以上所言,且据放生之人今生所得之果报。若据究竟而言,当来决定成佛。因佛心者,大慈悲是,今能放生,即具慈悲之心,能植成佛之因也。

放生之功德如此。则杀生所应得之恶报,可想而知,无须再举。因杀生之人,现生即短命、多病、多难、无子及不得生西也。命终之后,先堕地狱、饿鬼、畜生,经无量劫、备受众苦。地狱、饿鬼之苦,人皆知之。至生于畜生中,即常常有怨仇返报之事。昔日杀牛羊猪鸡鸭鱼虾等之人,即自变为牛羊猪鸡鸭鱼虾等。昔日被杀之牛羊猪鸡鸭鱼虾等,或变为人,而返杀害之。此是因果报应之理,决定无疑,而不能幸免者也。

既经无量劫，生三恶道，受报渐毕。再生人中，依旧短命、多病、多难、无子及不得生西也。以后须再经过多劫，渐种善根，能行放生戒杀诸善事，又能勇猛精勤忏悔往业，乃能渐离一切苦难也。

抑余又有为诸君言者。上所述杀牛羊猪鸡鸭鱼虾，乃举其大者而言。下至极微细之苍蝇蚊虫臭虫跳蚤蜈蚣壁虎蚁子等，亦决不可害损。倘故意杀一蚊虫，亦决定获得如上所述之种种苦报。断不可以其物微细而轻忽之也。

今日与诸君相见，余已述放生与杀生之果报如此苦乐不同。惟愿诸君自今以后，力行放生之事，痛改杀生之事。余尝闻人云：泉州近来放生之法会甚多，但杀生之家犹复不少。或有一人茹素，而家中男女等仍买鸡鸭鱼虾等之活物任意杀害也。愿诸君于此事多多注意。自己既不杀生，亦应劝一切人皆不杀生。况家中男女等，皆自己所亲爱之人，岂忍见其故造杀业，行将备受大苦，而不加以劝告阻止耶？诸君勉旃，愿悉听受余之忠言也。

1933年5月15日在泉州大开元寺讲

最后之□□

佛教养正院已办有四年了。诸位同学初来的时候,身体很小,经过四年之久,身体皆大起来了,有的和我也差不多。啊!光阴很快。人生在世,自幼年至中年,自中年至老年,虽然经过几十年之光景,实与一会儿差不多。

就我自己而论,我的年纪将到六十了,回想从小孩子的时候起到现在,种种经过如在目前。啊!我想我以往经过的情形,只有一句话可以对诸位说,就是"不堪回首"而已。

我常自己想:啊!我是一个禽兽吗?好像不是,因为我还是一个人身;我的天良丧尽了吗?好像还没有,因为我尚有一线天良常常想念自己的过失。我从小孩子起,一直到现在都埋头造恶吗?好像也不是,因为我小孩子的时候,常行袁了凡的功过格;三十岁以后,很注意于修养,初出家时,也不是没有道心。虽然如此,但出家以后一直到现在,便大不同了。因为出家以后二十年之中,一天比一天堕落,身体虽然不是禽兽,而心则与禽兽差不多。天良虽然没有完全丧尽,但是昏愦糊涂,一天比一天厉害。抑或与天良丧尽也差不多了。讲到埋头造恶的一句话,我自从出家以后,恶念一天比一天增加,善念一天比一天退失,一直到现在,可以说是醇乎其醇的一个埋头造恶的人——这个也无须客气也无须谦让的了。

就以上所说看起来，我从出家后已经堕落到这种地步，真可令人惊叹。其中到闽南以后十年的工夫，尤其是堕落的堕落。去年春间，曾经在养正院讲过一次，所讲的题目，就是《南闽十年之梦影》，那一次所讲的字字之中，都可以看到我的泪痕。诸位应当还记得吧？

可是到了今年，比去年更不像样子了。自从正月二十到泉州，这两个月之中，弄得不知所云。不只我自己看不过去，就是我的朋友也说我：以前如闲云野鹤，独往独来，随意栖止，何以近来竟大改常度？到处演讲，常常见客，时时宴会，简直变成一个"应酬的和尚"了——这是我的朋友所讲的。啊，"应酬的和尚"这五个字，我想我自己近来倒很有几分相像。

如是在泉州住了两个月以后，又到惠安，到厦门到漳州，都是继续前稿：除了利养，还是名闻；除了名闻，还是利养。日常生活，总不在名闻利养之外。虽在瑞竹岩住了两个月，稍少闲静，但是不久又到祈保亭，冒充善知识，受了许多的善男信女的礼拜供养，可以说是惭愧已极了。

九月又到安海，住了一个月，十分的热闹。近来再到泉州，虽然时常起一种恐惧厌离的心，但是仍不免向这一条名闻利养的路上前进。可是，近来也有件可庆幸的事，因为我近来得到永春十五岁小孩子的一封信。他劝我：以后不可常常宴会，要养静用功。信中又说起他近来的生活，如吟诗、赏月、看花、静坐等，洋洋千言的一封信。

啊！他是一个十五岁的小孩子，竟有如此高尚的思想，正当的见解。我看到他这一封信，真是惭愧万分了。我自从得到他的信以后，就以十分坚决的心，谢绝宴会，虽然得罪了别人，也不管他。这个也可算是近来一件可庆幸的事了。

虽然是如此，但我的过失也太多了。可以说是从头至足，没有一处无过失，岂只谢绝宴会，就算了结了吗？尤其是今年几个月之中，极力冒充善知识，实在是太为佛门丢脸。别人或者能够原谅我；但我对我自己，绝不能够原谅，断不能如此马马虎虎地过去。所以我近来对人讲话的时候，绝不顾惜情面，决定赶快料理没有了结的事情。将"法师"、"老法师"、"律师"等名目，一概取消，将学人侍者等一概辞谢。孑然一身，遂我初服，这个或者亦是我一生的大结束了。

啊！再过一个多月，我的年纪要到六十了。像我出家以来，既然是无

惭无愧,埋头造恶,所以到现在所做的事,大半支离破碎不能圆满。这个也是份所当然。只有对于养正院诸位同学,相处四年之久,有点不能忘情。我很盼望养正院,从此以后能够复兴起来,为全国模范的僧学院。可是我的年纪老了,又没有道德学问,我以后对于养正院也只可说"爱莫能助"了。

啊!与诸位同学谈得时间也太久了,且用古人的诗来做临别赠言。诗云:

　　□□□□□□□,
　　万事都从缺陷好;
　　吟到夕阳山外山,
　　古今谁免余情绕。

1938年2月13日于南普陀寺佛教养正院讲。文末所引诗句,出龚自珍《己亥杂诗》,首句为"未济终焉心缥缈"。陈祥耀《弘一法师在闽南》记:"最后他就引用龚定庵的一首绝句来结束谈话。起句他已不能记得,只念出后面三句。因此瑞生法师的记录,也就空着前一句。"

人生之最后

岁次壬申十二月,厦门妙释寺念佛会请余讲演,录写此稿。于时了识律师卧病不起,日夜愁苦。见此讲稿,悲欣交集。遂放下身心,摒弃医药,努力念佛。并扶病起,礼大悲忏,吭声唱诵,长跪经时,勇猛精进,超胜常人。见者闻者,靡不为之惊喜赞叹,谓感动之力有如是剧且大耶。余因念此稿虽仅数纸,而皆撮录古今嘉言及自所经验,乐简略者或有所取。乃为治定,付刊流布焉。

弘一演音记

第一章 绪言

古诗云:"我见他人死,我心热如火;不是热他人,看看轮到我。"

人生最后一段大事,岂可须臾忘耶!今为讲述,次分六章,如下所列。

第二章 病重时

当病重时,应将一切家事及自己身体悉皆放下。专意念佛,一心希冀往生西方。能如是者,如寿已尽,决定往生;如寿未尽,虽求往生而病反

能速愈，因心至专诚。故能灭除宿世恶业也。倘不如是放下一切专意念佛者，如寿已尽，决定不能往生，因自己专求病愈不求往生，无由往生故；如弘一法师所书之字幅寿未尽，因其一心希望病愈，妄生忧怖，不惟不能速愈，反更增加病苦耳。

病未重时，亦可服药，但仍须精进念佛，勿作服药愈病之想。病既重时，可以不服药也。余昔卧病石室，有劝延医服药者，说偈谢云："阿弥陀佛，无上医王，舍此不求，是谓痴狂。一句弥陀，阿伽陀药，舍此不服，是谓大错。"因平日既信净土法门，谆谆为人讲说；今自患病，何反舍此而求医药，可不谓为痴狂大错耶！

若病重时，痛苦甚剧者，切勿惊惶。因此病苦，乃宿世业障。或亦是转未来三途恶道之苦，于今生轻受，以速了偿也。

自己所有衣服诸物，宜于病重之时，即施他人。若依《地藏菩萨本愿经·如来赞叹品》所言供养经像等，则弥善矣。

若病重时，神识犹清，应请善知识为之说法，尽力安慰。举病者今生所修善业，一一详言而赞叹之，令病者心生欢喜，无有疑虑，自知命终之后，承斯善业，决定生西。

第三章　临终时

临终之际，切勿询问遗嘱，亦勿闲谈杂话。恐彼牵动爱情，贪恋世间，有碍往生耳。若欲留遗嘱者，应于康健时书写，付人保藏。

倘自言欲沐浴更衣者，则可顺其所欲而试为之。若言不欲，或噤口不能言者，皆不须强为。因常人命终之前，身体不免痛苦。倘强为移动沐浴更衣，则痛苦将更加剧。世有发愿生西之人，临终为眷属等移动扰乱，破坏其正念，遂致不能往生者，甚多甚多。又有临终可生善道，乃为他人误触，遂起瞋心，而牵入恶道者，如经所载：阿耆达王死堕蛇身，岂不可畏。

临终时，或坐或卧，皆随其意，未宜勉强。若自觉气力衰弱者，尽可卧床，勿求好看勉力坐起。卧时，本应面西右胁侧卧。若因身体痛苦，改为仰卧，或面东左胁侧卧者，亦任其自然，不可强制。

大众助念佛时，应请阿弥陀佛接引像，供于病人卧室，令彼瞩视。

助念之人，多少不拘。人多者，宜轮班念，相续不断。或念六字，或念四字，或快或慢，皆须问病人，随其平日习惯及好乐者念之，病人乃能相随默念。今见助念者皆随己意，不问病人，既已违其平日习惯及好乐，何能相随默念。余愿自今以后，凡任助念者，于此一事，切宜留意。又寻常助念者，皆用引磬小木鱼。以余经验言之，神经衰弱者，病时甚畏引磬及小木鱼声，因其声尖锐，刺激神经，反令心神不宁。若依余意，应免除引磬小木鱼，仅用音声助念，最为妥当。或改为大钟、大磬、大木鱼，其声宏壮，闻者能起肃敬之念，实胜于引磬、小木鱼也。但人之所好，各有不同。此事必须预先向病人详细问明，随其所好而试行之。或有未宜，尽可随时改变，万勿固执。

第四章　经命终后一日

既已命终，最切要者，不可急忙移动。虽身染便秽，亦勿即为洗涤。必须经过八小时后，乃能浴身更衣。常人皆不注意此事，而最要紧。惟望广劝同人，依此谨慎行之。

命终前后，家人万不可哭。哭有何益？能尽力帮助念佛乃于亡者有实益耳。若必欲哭者，须俟命终八小时后。

顶门温暖之说，虽有所据，然亦不可固执。但能平日信愿真切，临终正念分明者，即可证其往生。

命终之后，念佛已毕，即锁房门，深防他人入内，误触亡者。必须经过八小时后，乃能浴身更衣（前文已言，今再谆嘱，切记切记）。因八小时内若移动者，亡人虽不能言，亦觉痛苦。

八小时后着衣，若手足关节硬，不能转动者。应以热水淋洗。用布搅热水，围于臂肘膝弯，不久即可活动，有如生人。殓衣宜用旧物，不用新者。其新衣应布施他人，能令亡者获福。

不宜用好棺木，亦不宜做大坟。此等奢侈事，皆不利于亡人。

第五章　荐亡等事

七七日内，欲延僧众荐亡，以念佛为主。若诵经、拜忏、焰口、水陆

等事，虽有不可思议功德，然现今僧众视为具文，敷衍了事，不能如法，罕有实益。《印光法师文钞》中屡斥诫之，谓其惟属场面，徒作虚套。若专念佛，则人人能念，最为切实，能获莫大之利矣。

如请僧众念佛时，家族亦应随念。但女众宜在白室或布帐之内，免生讥议。

凡念佛等一切功德，皆宜回向普及法界众生，则其功德乃能广大，而亡者所获利益亦更因之增长。

开吊时，宜用素斋，万勿用荤，致杀害生命，大不利于亡人。

出丧仪文，切勿铺张。毋图生者好看，应为亡者惜福也。

七七以后，亦应常行追荐以尽孝思。莲池大师谓年中常须追荐先亡。不得谓已得解脱，遂不举行耳。

第六章 劝请发起临终助念会

此事最为切要。应于城乡各地，多多设立。《饬终津梁》中有详细章程，宜检阅之。

第七章 结语

残年将尽，不久即是腊月三十日，为一年最后。若未将钱财预备稳妥，则债主纷来，如何抵挡。吾人临命终时，乃是一生之腊月三十日，为人生最后。若未将往生资粮预备稳妥，必致手忙脚乱呼爷叫娘，多生恶业一齐现前，如何摆脱。临终虽恃他人助念，诸事如法，但自己亦须平日修持，乃可临终自在。奉劝诸仁者，总要及早预备才好。

1933年1月于厦门妙释寺讲

现代大师精品集丛书

晚晴集

○ 若失本心，即当忏悔。忏悔之法，是为清凉。(《金刚三昧经》)

○ 菩萨若能随顺众生，则为随顺供养诸佛。若于众生尊重承事，则为尊重承事如来。若令众生生欢喜者，则令一切如来欢喜。(《华严经·普贤行愿品》)

○ 我若多瞋及怨结者，十方现在诸佛世尊皆应见我，当作是念："云何此人欲求菩提，而生瞋恚，及以怨结？此愚痴人，以瞋恨故，于自诸苦不能解脱，何由能救一切众生？"(《华严经–修慈分》)

○ 迦叶白佛："我等从今，当于一切众生，生世尊想；若生轻心，则为自伤。"佛言："善哉快论！"(《首楞严三昧经》，依《宝王论》节文。)

○ 应代一切众生受加毁辱。恶事向自己，好事与他人。(《梵网经》)

○ 离贪嫉者，能净心中贪欲云翳，犹如夜月，众星围绕。(《理趣六波罗蜜多经》)

○ 生死不断绝，贪欲嗜味故；养怨入丘冢，虚受诸辛苦。(《大宝积经·富楼那会》)

○ 是身如掣电，类乾闼婆城；云何于他人，数生于喜怒？(《诸法集要经》)

○ 瞋恚之害，则破诸善法，坏好名闻；今世后世，人不喜见。(《佛遗

教经》）

○行少欲者，心则坦然，无所忧畏；触事有余，常无不足。（《佛遗教经》）

○身语意业不造恶，不恼世间诸有情。正念观知欲境空，无益之苦当远离。（《有部律》周利盘陀伽尊者，三月不能诵得，即此伽陀也）

○名誉及利养，愚人所爱乐，能损害善法，如剑斩人头。（《有部律》）

○世间色声香味触，常能诳惑一切凡夫，令生爱著。（智者大师）

○瞋是失佛法之根本，坠恶道之因缘，法乐之冤家，善心之大贼，种种恶口之府藏。（智者大师）

○凡夫学道法，唯可心自知，造次向他道，他即反生诽。谛观少言说，人重德能成，远众近静处，端坐正思惟。但自观身行，口勿说他短，结舌少论量，默然心柔软。无知若聋盲，内智怀实宝，头陀乐闲静，对修离懈惰。（道宣律师）

○处众处独，宜韬宜晦；若哑若聋，如痴如醉；埋光埋名，养智养慧；随动随静，忘内忘外。（翠岩禅师）

○我且问你，忽然临命终时，你将何抵敌生死？须是闲时办得下，忙时得用，多少省力。休待临渴掘井，做手脚不迭，前路茫茫，胡钻乱撞。苦哉苦哉！（黄檗禅师）

○鼻有墨点，对镜恶墨，但揩于镜，其可得耶？好恶是非，对之前境，不了自心，但尤于境，其可得耶？洗分别之鼻墨，则一镜圆净矣，万境咸真矣，执石成宝矣，众生即佛矣。（飞锡法师）

○修行人大忌说人长短是非，乃至一切世事非干己者，口不可说，心不可思。但口说心思，便是昧了自己。若专炼心，常搜己过，哪得工夫管他家屋里事？粉骨碎身，唯心莫动。收拾自心如一尊木雕圣像坐在堂中，终日无人亦如此，幡盖簇拥、香花供养亦如此，赞叹亦如此，毁谤亦如此。修行人常常心上无事，时时刻刻体究自己本命元辰端的处。（盘山禅师）

○元无我人，为谁贪瞋？（圭峰法师）

○报缘虚幻，不可强为。浮世几何，随家丰俭。苦乐逆顺，道在其中。动静寒温，自愧自悔。（佛眼禅师）

○学道人逐日但将检点他人底工夫，常自检点，道业无有不办。或喜

或怒，或静或闹，皆是检点时节。（大慧禅师）

○ 化人问幻士，谷响答泉声；欲达吾宗旨，泥牛水上行。（永明禅师）

○ 千峰顶上一茅屋，老僧半间云半间；昨夜云随风雨去，到头不似老僧闲。（归宗芝庵禅师）

○ 过去事已过去了，未来不必预思量，只今便道即今句，梅子熟时栀子香。（石屋禅师）

○ 即今休去便休去，若觅了时无了时。（云峰禅师）

○ 琐琐含生，营营来去者，等彼器中蚊蚋，纷纷狂闹耳。一化而生，再化而死，化海漂荡，竟何所之？梦中复梦，长夜冥冥，执虚为实，曾无觉日。不有出世之大觉大圣，其孰与而觉之欤！（仁潮禅师）

○ 纵宿业深厚，不能顿断，当方便制抑，自劝自心。（妙叶禅师）

○ 放开怀抱，看破世间，宛如一场戏剧，何有真实？（莲池大师）

○ 达宿缘之自致，了万境之如空，而成败利钝，兴味萧然矣。（莲池大师）

○ 伊庵权禅师用功甚锐，至晚必流涕曰："今日又只恁么空过，未知来日工夫如何？"师在众，不与人交一言。（莲池大师）

○ 畏寒时欲夏，苦热复思冬，妄想能消灭，安身处处同。草食胜空腹，茅堂过露居，人生解知足，烦恼一时除。（莲池大师）

○ 人之过恶深重者，亦有效验。或心神昏塞，转头即忘，或无事而常烦恼，或见君子而赧然消沮，或闻正论而不乐，或施惠而人反怨，或夜梦颠倒，甚则妄言失志，皆作孽之相也。苟一类此，即须奋发，舍旧图新，幸勿自误！（袁了凡）

○ 只"强顺人情，勉就世故"八个字，误却你一生大事。道业未成，无常至速，急宜敛迹韬光，一心向道，不得再误。（《西方确指》）

○ 深潜不露，是名持戒，若浮于外，未久必败。有口若哑，有耳若聋，绝群离俗，其道乃崇。（《西方确指》）

○ 种种恶逆境界，尽情看作真实受益之处。名利、声色、饮食、衣服、赞誉、供养、种种顺情境界，尽情看做毒药、毒箭。（蕅益大师）

○ 将身心世界全体放下，作一超方特达之观。（蕅益大师）

○ 善友罕逢，恶缘偏盛，非咬钉嚼铁、刻骨镂心，何以自拔哉！（蕅益

大师)

○ 何不趁早放下幻梦尘劳,勤修戒定智慧。(蕅益大师)

○ 勿贪世间文字诗词,而碍正法;勿逐悭贪、嫉妒、我慢、鄙覆习气,而自毁伤。(蕅益大师)

○ 内不见有我,则我无能;外不见有人,则人无过。一味痴呆,深自惭愧;劣智慢心,痛自改革。(蕅益大师)

○ 篱菊数茎随上下,无心整理任他黄;后先不与时花竞,自吐霜中一段香。(诵帚禅师)

○ 从今以后,愿遁世不见知而不悔,作一斋公斋婆,向厨房灶下安隐过日,今生不敢复作度人妄想。(彭二林)

○ 幸赖善缘,得闻法要,此千生万劫转凡成圣之时。尚复徘徊歧路,乍前乍却,则更历千生万劫,亦如是而止耳。况辗转沦陷,更有不可知者哉!(彭二林)

○ 轮转生死中,无须臾少息,犹复熙熙如登春台。曾不知佛与菩萨为之痛心而惨目也!(彭二林)

○ 汝信心颇深,但好张罗,及好游、好结交,实为修行一大障。祈沉潜杜默,则其益无量。戒之!(印光法师)

○ 汝是何等根机,而欲法法咸通耶?其急切纷扰,久则或致失心。(印光法师)

○ 当主敬存诚,于二六时中,不使有一念虚浮怠忽之相。及与世人酬酢,唯以忠恕为怀。则一切时,一切处,恶念自无从而起。(印光法师)

○ 直须将一个死字(此字好得很)挂到额颅上。(印光法师)

○ 若善男子、善女人,闻说净土法门,心生悲喜,身毛为竖如拔出者。当知此人,此过去宿命,已作佛道来也。(《无量清净平等觉经》,依迦才《净土论》引文)

○ 汝今亦可自厌生死老病痛苦,恶露不净,无可乐者。(《无量寿经》)

○ 无忧恼处,我当往生,不乐阎浮提浊恶世也。(《观无量寿佛经》)

○ 才有病患,奠论轻重,便念无常,一心待死。(善导大师)

○ 我未曾见闻,慈悲而行恼,互共相瞋恚,愿生阿弥陀。若人如恒河,恶口加刀杖,如是皆能忍,则生清净土。(《诸法无行经》)

○ 生宏律范，死归安养。平生所得。唯二法门。（灵芝元照律师）

○ 凡闻恶声，则念阿弥陀佛以消禳之，愿一切人不为恶行。凡见善事，则念阿弥陀佛以赞助之，愿一切人皆为善行。无事则默念阿弥陀佛，常在目前，便念念不忘。能如此者，其于净土决定往生。（王龙舒）

○ 人生能有几时，电光眨眼便过。趁未老未病，抖身心，拨世事，得一日光景，念一日佛名，得一时工夫，修一时净业。由他命终，我之盘缠预办，前程稳当了也。若不如此，后悔难追！（天如禅师）

○ 如就刑戮，若在狴牢，怨贼所追，水火所逼。一心求救，愿脱苦轮。（天如禅师）

○ 于此土声色诸境，作地狱想、苦海想、火宅想。诸宝物，作苦具想。饮食、衣服，如脓血、铁皮想。（妙叶禅师）

○ 此界释迦已灭，弥勒未生，贤圣隐伏。众生奔波苦海，犹失父之儿。若不以极乐愿王为归，谁为救护？（妙叶禅师）

○ 闻教便行，奚待更劝。（妙叶禅师）

○ 惟名闻利养、甜爱软贼，及瞋心、瞋火，虽有佛力，不能救焉。行者当深加精进，以攘却之。（妙叶禅师）

○ 又复当护人心，勿使夸嫌；动用自若，息世杂善；不贪名利，将过归己；捐弃伎能，惟求往生。（妙叶禅师）

○ 婆婆有一爱之不轻，则临终为此爱所牵，矧多爱乎？极乐有一念之不一，则临终为此念所转，矧多念乎？（幽溪法师）

○ 若生恩爱时，当念净土眷属无有情爱，何当得生净土远离此爱。若生瞋恚时，当念净土眷属无有触恼，何当往生净土得离此瞋。若受苦时，当念净土无有众苦，但受诸乐。若受乐时，当念净土之乐，无央无待。凡历缘境，皆以此意而推广之，则一切时处，无非净土之助行也。（幽溪法师）

○ 如何说得婆婆苦，苦事纷纷等猬毛！（两斋禅师）

○ 当屏人独处，自办道业，以设像为师，经论为侣。（袁宏道）

○ 五浊恶世，寒热苦恼，秽相熏炙，不容一刻居住。（袁宏道）

○ 问：人不信净土，恐只是本来福薄？答：此言甚是。（莲池大师）

○ 余下劣凡夫，安分守愚，平生所务，惟是南无阿弥陀佛六字。今老矣，倘有问者，必以此答。（莲池大师）

○ 当生大欢喜，切勿怀忧恼，万缘俱放下，但一心念佛。往生极乐国，上品莲花生，见佛悟无生，还来度一切。（莲池大师）

○ 世情淡一分，佛法自有一分得力。娑婆活计轻一分，生西方便有一分稳当。（蕅益大师）

○ 弹指归安养，阎浮不可留。（蕅益大师）

○ 归命大慈父，早出娑婆关。（蕅益大师）

○ 世之最可珍重者，莫过精神；世之最可爱惜者，莫过光阴。一念净，即佛界缘起；一念染，即九界生因。凡动一念，即十界种子，可不珍重乎？是日已过，命亦随减，一寸时光即一寸命光。可不爱惜乎？苟知精神之可珍重，则不浪用，则念念执持佛名；光阴不虚度，则刻刻薰修净业。（彻悟禅师）

○ 悲哉众生！欲念未除，道根日坏；佛之视汝，将何以堪？（彭二林）

○ 子等归向极乐，全须打得一副全铁心肠，外不为六尘所染，内不为七情所锢，污泥中便有莲花出现也。（彭二林）

○ 莲花种子，荣悴由人，时不相待，珍重珍重！（彭二林）

○ 上品见佛速，下品见佛迟，虽有迟速异，终无退转时。参禅病著相，念佛贵断疑，实实有净土，实实有莲池。（张守约）

○ 念阿弥陀佛正觉圆满之名，观极乐世界清净庄严之相，如此滞著，只怕未能切实；果能切实，则世间种种幻化妄缘，自当远离。（悟开禅师）

○ 随忙随闲，不离弥陀名号；顺境逆境，不忘往生两方。（印光法师，以下悉同）

○ 诚与恭敬，实为超凡入圣、了生脱死之极妙秘诀。

○ 业障重、贪瞋盛、体弱心怯，但能一心念佛，久之自可诸疾咸愈。

○ 佛固不见弃于罪人，当承兹行以往生耳。

○ 须信娑婆实实是苦，极乐实实是乐，深信佛言，了无疑惑。

○ 应发切实誓愿，愿离娑婆苦，愿得极乐乐。其愿之切，当如堕厕坑之急求出离，又如系牢狱之切念家乡。己力不能自出，必求有大势力者提拔令出。

○ 业识未消，三昧未成，纵谈理性，终成画饼。

○ 入理深谈，且缓数年。

○ 一句南无阿弥陀佛，只要念得熟，成佛尚有余裕。不学他法，又有何憾？

○ 汝虽于净土法门颇生信心，然犹有好高骛胜之念头未能放下，而未肯以愚夫愚妇自命。

○ 其有平口自命通宗通教，视净土若秽物，恐其污己者，临终多是手忙脚乱，呼爷叫娘。

○ 汝妄想之心遍天遍地，不知息心念佛。所谓向外驰求，不知返照回光。

○ 今见好心出家、在家四众，多是好高骛远，不肯认真专修净业。总由宿世善根浅薄，今生未遇通人。

○ 当今之时，其世道局势，有如安卧积薪之上，其下已发烈火。尚犹悠忽度日，不专志求救于一句佛号，其知见之浅近甚矣！

○ 心跳、恶梦，乃宿世恶业所现之兆。然现境虽有善恶，转变在乎自己。恶业现而专心念佛，则恶因缘为善因缘。

○ 当恪守净宗列祖成规，持斋念佛，改恶修善，知因识果，植福培德。以企现生消除业障，临终正念往生。庶不虚此一生，及亲为如来弟子耳。

○ 但当志心念佛，以消旧业。断不可起烦躁心，怨天尤人。

○ 具缚凡夫，若无贫穷疾病等苦，将日奔驰于声色名利之场，而莫之能已。谁肯于得意烜赫之时，回首作未来沉溺之想乎？

○ 欲得佛法实益，须向恭敬中求，有一分恭敬，则消一分罪业，增一分福慧。

○ 念佛要时常作将死、将堕地狱想，则不恳切亦自恳切，不相应亦自相应。以怖苦心念佛，即是出苦第一妙法，亦是随缘消业第一妙法。

○ 末世众生，无论有善根、无善根，皆当决定专修净土。善根有，固宜努力。无，尤当笃培。

○ 汝须自知好歹，修行要各尽其分，潜修默契方可。急急改过，摄心念佛。

弘一法师自号"晚晴老人"，1941年夏福林寺掩关，录写佛经祖语警句102则，辑为此集。

青年佛徒应注意的四项

养正院讲养正院从开办到现在,已是一年多了。外面的名誉很好,这因为由瑞金法师主办,又得各位法师热心爱护,所以能有这样的成绩。

我这次到厦门,得来这里参观,心里非常欢喜。各方面的布置都很完美,就是地上也扫得干干净净的,这样,在别的地方,很不容易看到。

我在泉州草庵大病的时候,承诸位写一封信来,各人都签了名,慰问我的病状;并且又承诸位念佛七天,代我忏悔,还有像这样别的事,都使我感激万分!

再过几个月,我就要到鼓浪屿日光岩去方便闭关了。时期大约颇长久,怕不能时时会到,所以特地发心来和诸位叙谈叙谈。

今天所要和诸位谈的,共有四项:一是惜福,二是习劳,三是持戒,四是自尊,都是青年佛徒应该注意的。

一、惜福

"惜"是爱惜,"福"是福气。就是我们纵有福气,也要加以爱惜,切不可把它浪费。诸位要晓得:末法时代,人的福气是很微薄的;若不爱惜,将这很薄的福享尽了,就要受莫大的痛苦,古人所说"乐极生悲",就是这意思啊！我记得从前小孩子的时候，我父亲请人写了一副大对联，是清朝刘文定公的句子，高高地挂在大厅的抱柱上，上联是"惜食，惜衣，非为惜财缘惜福"。我的哥哥时常教我念这句子，我念熟了，以后凡是临到穿衣或是饮食的当儿，我都十分注意，就是一粒米饭，也不敢随意糟掉；而且我母亲也常常教我，身上所穿的衣服当时时小心，不可损坏或污染。这因为母亲和哥哥怕我不爱惜衣食，损失福报以致短命而死，所以常常这样叮嘱着。

诸位可晓得，我五岁的时候，父亲就不在世了！七岁我练习写字，拿整张的纸瞎写；一点不知爱惜，我母亲看到，就正颜厉色地说："孩子！你要知道呀！你父亲在世时，莫说这样大的整张的纸不肯糟蹋，就连寸把长的纸条，也不肯随便丢掉的！"母亲这话，也是惜福的意思啊！

我因为有这样的家庭教育，深深地印在脑里，后来年纪大了，也没一时不爱惜衣食；就是出家以后，一直到现在，也还保守着这样的习惯。诸位请看我脚上穿的一双黄鞋子。还是一九二○年在杭州时候，一位打念佛七的出家人送给我的。又诸位有空，可以到我房间里来看看，我的棉被面子，还是出家以前所用的；又有一把洋伞，也是一九一一年买的。这些东西，即使有破烂的地方，请人用针线缝缝，仍旧同新的一样了。简直可尽我形寿受用着呢！不过，我所穿的小衫裤和罗汉草鞋一类的东西，却须五六年一换，除此以外，一切衣物，大都是在家时候或是初出家时候制的。

从前常有人送我好的衣服或别的珍贵之物，但我大半都转送别人。因为我知道我的福薄，好的东西是没有胆量受用的。又如吃东西，只生病时候吃一些好的，除此以外，从不敢随便乱买好的东西吃。

惜福并不是我一个人的主张，就是净土宗大德印光老法师也是这样，有人送他白木耳等补品。他自己总不愿意吃，转送到观宗寺去供养谛闲法师。别人问他："法师！你为什么不吃好的补品？"他说："我福气很薄，不堪消受。"

他老人家——印光法师，性情刚直，平常对人只问理之当不当，情面是不顾的。前几年有一位归依弟子，是鼓浪屿有名的居士，去看望他，和他一道吃饭，这位居士先吃好，老法师见他碗里剩落了一两粒米饭；于是就很不客气地大声呵斥道："你有多大福气，可以这样随便糟蹋饭粒！你得

把它吃光!"

诸位！以上所说的话，句句都要牢记！要晓得：我们即使有十分福气，也只好享受三分，所余的可以留到以后去享受；诸位或者能发大心，愿以我的福气，布施一切众生，共同享受，那更好了。

二、习劳

"习"是练习，"劳"是劳动。现在讲讲习劳的事情：

诸位请看看自己的身体，上有两手，下有两脚，这原为劳动而生的。若不将他运用习劳，不但有负两手两脚，就是对于身体也一定有害无益的。换句话说：若常常劳动，身体必定康健。而且我们要晓得：劳动原是人类本分上的事，不唯我们寻常出家人要练习劳动，即使到了佛的地位，也要常常劳动才行，现在我且讲讲佛的劳动的故事：

所谓佛，就是释迦牟尼佛。在平常人想起来，佛在世时，总以为同现在的方丈和尚一样，有衣钵师、侍者师常常侍候着，佛自己不必做什么；但是不然，有一天，佛看到地下不很清洁。自己就拿起扫帚来扫地，许多大弟子见了，也过来帮扫，不一时，把地扫得十分清洁，佛看了欢喜，随即到讲堂里去说法，说道："若人扫地，能得五种功德……"

又有一个时候，佛和阿难出外游行，在路上碰到一个喝醉了酒的弟子，已醉得不省人事了；佛就命阿难抬脚，自己抬头，一直抬到井边，用桶汲水，叫阿难把他洗濯干净。

有一天，佛看到门前木头做的横楣坏了，自己动手去修补。

有一次，一个弟子生了病，没有人照应，佛就问他说："你生了病，为什么没人照应你？"那弟子说："从前人家有病，我不曾发心去照应他；现在我有病，所以人家也不来照应我了。"佛听了这话，就说："人家不来照应你，就由我来照应你吧！"

就将那病弟子大小便种种污秽，洗濯得干干净净；并且还将他的床铺，理得清清楚楚，然后扶他上床。由此可见，佛是怎样的习劳了。佛决不像现在的人，凡事都要人家服劳，自己坐着享福。这些事实，出于经律，并不是凭空说说的。

现在我再说两桩事情,给大家听听:弥陀经中载着的一位大弟子——阿㝹楼陀,他双目失明,不能料理自己,佛就替他裁衣服,还叫别的弟子一道帮着做。

有一次,佛看到一位老年比丘眼睛花了,要穿针缝衣,无奈眼睛看不清楚,嘴里叫着:"谁能替我穿针呀!"

佛听了立刻答应说:"我来替你穿。"

以上所举的例,都足证明佛是常常劳动的。我盼望诸位,也当以佛为模范,凡事自己动手去做,不可依赖别人。

三、持戒

"持戒"二字的意义,我想诸位总是明白的吧!我们不说修到菩萨或佛的地位,就是想来生再做人,最低的限度,也要能持五戒。可惜现在受戒的人虽多,只是挂个名而已,切切实实能持戒的却很少。要知道:受戒之后,若不持戒,所犯的罪,比不受戒的人要加倍的大,所以我时常劝人不要随便受戒。至于现在一般传戒的情形,看了真痛心,我实在说也不忍说了!我想最好还是随自己的力量去受戒,万不可敷衍门面,自寻苦恼。

戒中最重要的,不用说是杀、盗、淫、妄,此外还有饮酒、食肉,也易惹人讥嫌。至于吃烟,在律中虽无明文,但在我国习惯上,也很容易受人讥嫌的,总以不吃为是。

四、自尊

"尊"是尊重,"自尊"就是自己尊重自己,可是人都喜欢人家尊重我,而不知我自己尊重自己;不知道要想人家尊重自己,必须从我自己尊重自己做起。怎样尊重自己呢?就是自己时时想着:我当做一个伟大的人,做一个了不起的人。比如我们想做一位清净的高僧吧,就拿高僧传来读,看他们怎样行,我也怎样行,所谓:"彼既丈夫我亦尔。"又比方我想将来做一位大菩萨,那末,就当依经中所载的菩萨行,随力行去。这就是自尊。但自尊与贡高不同;贡高是妄自尊大,目空一切的胡乱行为;自尊是自己

增进自己的德业,其中并没有一丝一毫看不起人的意思的。

诸位万万不可以为自己是一个小孩子,是一个小和尚,一切不妨随便些,也不可说我是一个平常的出家人,哪里敢希望做高僧做大菩萨。凡事全在自己做去,能有高尚的志向,没有做不到的。

诸位如果作这样想:我是不敢希望做高僧、做大菩萨的,那做事就随随便便,甚至自暴自弃,走到堕落的路上去了,那不是很危险的吗?诸位应当知道:年纪虽然小,志气却不可不高啊!

我还有一句话,要向大家说,我们现在依佛出家,所处的地位是非常尊贵的,就以剃发、披袈裟的形式而论,也是人天师表,国王和诸天人来礼拜,我们都可端坐而受。你们知道这道理吗?自今以后,就当尊重自己,万万不可随便了。

以上四项,是出家人最当注意的,别的我也不多说了。我不久就要闭关,不能和诸位时常在一块儿谈话,这是很抱歉的。但我还想在关内讲讲律,每星期约讲三四次,诸位碰到例假,不妨来听听!今天得和诸位见面,我非常高兴。我只希望诸位把我所讲的四项,牢记在心,作为永久的纪念!时间讲得很久了,费诸位的神,抱歉!抱歉!

1924年正月开学日在南普陀寺佛教养正日讲

普劝净宗道侣兼持诵地藏经

予来永春,迄今一年有半。在去夏时,王梦惺居士来信,为言拟偕林子坚居士等将来普济寺,请予讲经。斯时予曾复一函,俟秋凉后即入城讲《金刚经》大意三日。及秋七月,予以掩关习禅,乃不果往。日昨梦惺居士及诸仁者入山相访。因雨小住寺院,今日适逢地藏菩萨圣诞,故乘此胜缘,为讲净宗道侣兼持诵《地藏经》要旨,以资纪念。

净宗道侣修持之法,固以净土三经为主。三经之外,似宜兼诵《地藏经》以为助行。因地藏菩萨,与此土众生有大因缘。而《地藏本愿经》,尤与吾等常人之根器深相契合。故今普劝净宗道侣,应兼持诵《地藏菩萨本愿经》。谨述旨趣于下,以备净宗道侣采择焉。

一、净土之于地藏,自昔以来,因缘最深。而我八祖莲池大师,撰《地藏本愿经》序,劝赞流通。逮我九祖蕅益大师,一生奉事地藏菩萨,赞叹弘扬益力。居九华山甚久,自称为"地藏之孤臣"。并尽形勤礼地藏忏仪,常持地藏真言,以忏除业障,求生极乐。又当代净土宗泰斗印光法师,于《地藏本愿经》尤尽力弘传流布,刊印数万册,令净业学者至心读诵,依教行持。今者窃遵净宗诸祖之成规,普劝同仁兼修并习。胜缘集合,盖非偶然。

二、地藏法门以三绎为主。三经者,《地藏菩萨本愿经》,《地藏菩萨十轮经》,《地藏菩萨占察善恶业报经》。《本愿经》中虽未显说往生净土之义,

然其他二经则皆有之。《十轮经》云:"当生净佛国,导师之所居。"《占察经》云:"若人欲生他方现在净国者,应当随彼世界佛之名字,专意诵念,一心不乱,如上观察者,决定得生彼佛净国。"所以我莲宗九祖蕅益大师,礼地藏菩萨占察忏时,发愿文云:"舍身他世,生在佛前,面奉弥陀,历事诸佛,亲蒙授记,回入尘劳,普会群迷,同归秘藏。"由是以观,地藏法门实与净宗关系甚深,岂唯殊途同归,抑亦发趣一致。

三、《观无量寿佛经》,以修三福为净业正因。三福之首,曰孝养父母。而《地藏本愿经》中,备陈地藏菩萨宿世孝母之因缘。故古德称《地藏经》为"佛门之孝经",良有以也。凡我同仁,常应读诵《地藏本愿经》,以副《观经》孝养之旨。并依教力行,特崇孝道,以报亲恩,而修胜福。

四、当代印光法师教人持佛名号求生西方者,必先劝信因果报应,诸恶莫作,众善奉行。然后乃云"仗佛慈力,带业往生"。而《地藏本愿经》中,广明因果报应,至为详尽。凡我同仁,常应读诵《地藏本愿经》,依教奉行,以资净业。倘未能深信因果报应,不在伦常道德上切实注意,则岂仅生西未能,抑亦三途有分。今者窃本斯意,普劝修净业者,必须深信因果,常检点平时所作所为之事。真诚忏悔,努力改过。复进而修持五戒十善等,以为念佛之助行,而作生西之资粮。

五、吾人修净业者,倘能于现在环境之苦乐顺逆一切放下,无所挂碍。依苦境而消除身见,以逆缘而坚固净愿,则诚甚善。但如是者,千万人中罕有一二。因吾人处于凡夫地位,虽知随分随力修习净业,而于身心世界犹未能彻底看破,衣食住等不能不有所需求,水火刀兵饥馑等天灾人祸亦不能不有所顾虑。倘生活困难,灾患频起,即于修行作大障碍也。今若能归信地藏菩萨者,则无此虑。依《地藏经》中所载,能令吾人衣食丰足,疾疫不临,家宅永安,所求遂意,寿命增长,虚耗辟除,出入神护,离诸灾难等。古德云,身安而后道隆。即是之谓。此为普劝修净业者,应归信地藏之要旨也。

以上略述持诵《地藏经》之旨趣。义虽未能详尽,亦可窥其梗概。惟冀净宗道侣,广为传布。于《地藏经》至心持诵,共获胜益焉。

1928年地藏圣诞日在永春讲

授三归依大意

第一章 三归之略义

三归者,归依于佛法僧三宝也。

三宝义甚广,有种种区别。今且就常人最易了解者,略举之。

佛者,如释迦牟尼佛、阿弥陀佛等诸佛是也。法者,为佛所说之法,或菩萨等依据佛意所说之法,即现今所流传之大小乘经律论三藏也。僧者,如菩萨声闻诸圣贤众,下至仅剃发被袈裟者皆是也。

归依者,归向依赖之意。

归依于三宝者,乞三宝救护也。《大方便佛报恩经》云:譬人获罪于王,投向异国以求救护。异国王言,汝来无畏,但莫出我境,莫违我教,必相救护,众生亦尔。系属于魔,有生死罪。归向三宝,以求救护。若诚心归依,更无异向,不违佛教,魔王邪恶,无如之何。

既已归依于佛,自今以后,决不再依天仙神鬼一切诸外道等。

既已归依于法,自今以后,决不再依诸外道典籍。

既已归依于僧,自今以后,决不再依于不奉行佛法者。

第二章 授三归之方法

一、忏悔。二、正授三归。三、发愿回向。

应先请授者详力解释此三种文义。因仅读文而未解义,不能获诸善

法也。

正授三归之文有多种，常所用者如下：

我某甲，尽形寿，归依佛、归依法、归依僧。三说。

我某甲，归依佛竟、归依法竟、归依僧竟。三结。

前三说时，已得归依善法。后三结者，重更叮咛令不忘失也。

忏悔文及发愿回向文，由授者酌定之。但发愿回向，应有以此功德，回向众生，同生西方，齐成佛道之意。万不可唯求自利也。

第三章　授三归之利益

经律论中，赞叹归依三宝功德之文甚多。今略举四则。《灌顶经》云：受三归者，有三十六善神，与其无量诸眷属，守护其人令其安乐。《善生经》云：若人受三归，所得果报，不可穷尽。如四大宝藏（四宝者：金、银、琉璃、玻璃），举国人民，七年之中，运出不尽。受三归者，其福过彼，不可称计。《较量功德经》云：若三千大千世界，满中如来，如稻麻竹苇。若人四事供养（饮食、衣服、卧具、汤药），满二万岁，诸佛灭后，各起宝塔，复以香花供养，其福甚多，不如有人以清净心，归依佛法僧三宝所得功德。《大集经》云：妊娠女人，恐胎不安，先授三归已，儿无加害；乃至生已，身心具足，善神拥护，是母受兼资于子也。

第四章　结诰

在本寺正式讲律，至今日圆满。今日所以聚集缁素诸众，讲三归大意者，一以备诸师参考，俾他日为人授三归时，知其简要之方法也。一以教诸在家人，令彼等了知三归之大意，俾已受者，能了此意，应深自庆幸。其未受者，先能了知此意，且为他日依师受三归之基础也。

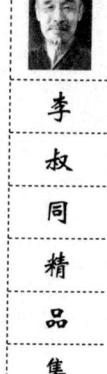

1933年5月在万寿寺讲

敬三宝

三宝者,佛法僧也。其义甚广,今唯举其少分之义耳。

今言佛者,且约佛像而言,如木石等所雕塑及纸画者也。

今言法者,且约经律论等书册而言,或印刷或书写也。

今言僧者,且约当世凡夫僧而言,因菩萨罗汉等附入敬佛门也。

第一 敬佛略举常人所应注意者数条

礼佛时宜洗手漱口,至诚恭敬,缓缓而拜,不可急忙,宁可少拜,不可草率。佛几清洁,供香端直,供佛之物,以烹调精美、人所能食者为宜。今多以食物之原料及罐头而供佛者殊为不敬,蕅益大师大悲咒行法中曾痛斥之。又供佛宜在午前,不宜过午也。供水果亦宜午前。

供水宜捧奉式。供花,花瓶水宜常换。

纸画之佛像,不可仅以绫裱,恐染蝇粪等秽物也(少蝇者或可),宜装入玻璃镜中。

木石等雕塑者,小者应入玻璃龛中,大者应作宝盖罩之,并须常拂拭像上之尘土。

凡大殿及供佛之室中,皆不宜踞坐笑谈。如对于国王大臣乃至宾客之

前尚应恭敬,慎护威仪,何况对佛像呢!不可佛前晒衣服,宜偏侧。不得在殿前用夜壶水浇花。若卧室中供佛像者,眠时应以净布遮障。

第二 敬法略举常人所应注意者数条

读经之时,必须洗手漱口拭几,衣服整齐,威仪严肃,与礼佛时无异。蕅益大师云:展卷如对活佛,收卷如在目前,千遍万遍,寤寐不忘,如是乃能获读经之实益也。

对于经典应十分恭敬护持,万不可令其污损。又翻篇时宜以指腹轻轻翻之,不可以指爪划,又不应折角,若欲记志,以纸片夹入可也。

若经典残缺者亦不可烧。卧室中几上置经典者,眠时应以净布盖之。

附每日诵经时仪式

礼佛——多少不拘。

赞佛——经偈或"天上天下无如佛"等,"阿弥陀佛身金色"等。"炉香乍爇"不是佛赞。

供养——"愿此香华云"等。

读经

回向——不拘,或用"我此普贤殊胜行"等。

第三 敬僧略举常人所应注意者数条

凡剃发披袈裟者,皆是释迦佛子,在家人见之,应一例生恭敬心,不可分别持戒破戒。

若归依三宝时,礼一出家人为师而作证明者,不可妄云归依某人。因所归依者为僧,非归依某一人,应于一切僧众,若贤若愚,生平等心,至诚恭敬,尊之为师,自称弟子。则与归依僧伽主义,乃符合矣。

供养僧者亦尔。不可专供有德者,应于一切僧生平等心,普遍供之,乃可获极大之功德也。专赠一人功德小,供众者功德大。

出家人若有过失，在家人闻之，万不可轻言。此为佛所痛诫者，最宜慎之。

以上已略言敬三宝义竟。兹附有告者，厦门泉州神庙甚多，在家人敬神，每用猪鸡等物。岂知神皆好善而恶杀，今杀猪鸡等物而供神，神不受享，又安能降福而消灾呢。唯愿自今以后，痛革此种习惯，凡敬神时，亦一例改用素食，则至善矣。

1933年闰5月5日在泉州大开元寺讲

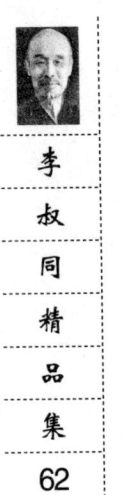

常随佛学

《华严经行愿品》末卷所列十种广大行愿中,第八曰常随佛学。若依华严经文所载种种神通妙用,决非凡夫所能随学。但其他经律等,载佛所行事,有为我等凡夫作模范,无论何人皆可随学者,亦屡见之。今且举七事。

一、佛自扫地

《根本说一切有部毗奈耶杂事》云:世尊在逝多林。见地不净,即自执帚,欲扫林中。时舍利子大目犍连大迦叶阿难陀等,诸大声闻,见是事已,悉皆执帚共扫园林。时佛世尊及圣弟子扫除已。入食堂中,就座而坐。佛告诸比丘。凡扫地者有五胜利。一者自心清净。二者令他心清净。三者诸天欢喜。四者植端正业。五者命终之后当生天上。

二、佛自舁(音余,即共扛抬也)弟子及自汲水

《五分律》,《佛制饮酒戒缘起》云:婆伽陀比丘、以降龙故,得酒醉。衣钵纵横。佛与阿难舁至井边。佛自汲水、阿难洗之等。

三、佛自修房

《十诵律》云：佛在阿罗毗国。见寺门楣损，乃自修之。

四、佛自洗病比丘及自看病

《四分律》云：世尊即扶病比丘起，拭身不净。拭已洗之。洗已复为浣衣晒干。有故坏卧草弃之。扫除住处，以泥浆涂洒，极令清净。更敷新草，并敷一衣。还安卧病比丘已，复以一衣覆上。

《西域记》云：祇桓东北有塔，即如来洗病比丘处。

又云：如来在日，有病比丘，含苦独处。佛问：汝何所苦？汝何独居？答曰：我性疏懒不耐看病，故今婴疾无人瞻视。佛愍而告曰：善男子！我今看汝。

五、佛为弟子裁衣

《中阿含经》云：佛亲为阿那律裁三衣。诸比丘同时为连合，即成。

六、佛自为老比丘穿针

此事知者甚多。今以忘记出何经律，不及检查原文。仅就所记忆大略之义录之。佛在世时，有老比丘补衣。因目昏花，未能以线穿针孔中。乃叹息曰：谁当为我穿针。佛闻之，即立起曰：我为汝穿之等。

七、佛自乞僧举过

是为佛及弟子等结夏安居竟，具仪自恣时也。《增一阿含经》云：佛坐草座（即是离本座，敷草于地而坐也。所以尔者，恣僧举过，舍骄慢故）告诸比丘言：我无过咎于众人乎？又不犯身口意乎？如是至三。

灵芝律师云：如来亦自恣者，示同凡法故，垂范后世故，令众省己故，使折我慢故。

如是七事，冀诸仁者勉力随学。远离骄慢，增长悲心，广植福业，速证菩提。是为余所希愿者耳！

1933年7月11日在泉州承天寺为幼年诸学僧讲

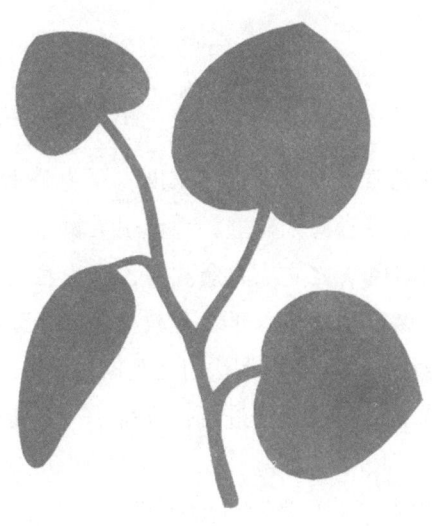

现代大师精品集丛书

万寿岩念佛堂开堂演词

今日万寿禅寺念佛堂开堂，余得参末席，深为荣幸。近十数年来，闽南佛法日益隆盛，但念佛堂尚未建立，悉皆引为憾事。今由本寺住持本妙法师发愿创建，开闽南风气之先。大众欢喜，叹为希有。本妙法师英年好学，亲近兴慈法主讲席已历多载。于天台教义及净土法门悉能贯通。故今本其所学，建念佛堂弘扬净土，可谓法门之龙象，僧中之芬陀矣。

今念佛堂既已成立。而欲如法进行，维持永久，胥赖护法诸居士有以匡辅而助理之。

考江浙念佛堂规则，约分二端。一为长年念佛，二为临时念佛。

长年念佛者，斋主供设延生或荐亡牌位，堂中住僧数人乃至数十人，每日念佛数次。

临时念佛者，斋主或因寿诞或因保病或因荐亡，临时念佛一日，乃至多日，此即是水陆经忏之变相。

以上二端中，长年念佛尚易实行。因规模人小可以随时变通，勉力支持犹可为也。若临时念佛，实行至为困难。因旧日习惯，惟尚做水陆诵经拜忏放焰口等。今遽废此习惯，改为念佛，非易事也。

印光老法师文钞中，屡言念佛胜于水陆经忏等。今略引之《与徐蔚如书》云：

至于七中,及一切时,一切事,俱宜以念佛为主。何但丧期。以现今僧多懒惰,诵经则不会者多。而又其快如流,会而不熟亦不能随念。纵有数十人,念者无几。惟念佛则除非不发心,决无不能念之弊。又纵不肯念,一句佛号入耳经心,亦自利益不浅,此余决不提倡作余道场之所以也。

又《复黄涵之书》,数通中,皆言及此。文云:

至于保病荐亡,今人率以诵经拜忏做水陆为事。余与知友言,皆令念佛。以念佛利益。多于诵经拜忏做水陆多多矣。何以故?诵经则不识字者不能诵,即识字而快如流水,稍钝之口舌亦不能诵,懒人虽能亦不肯诵,则成有名无实矣。拜忏做水陆亦可例推。念佛则无一人不能念者,即懒人不肯念,而大家一口同音念,彼不塞其耳,则一句佛号固已历历明明灌于心中,虽不念与念亦无异也。如染香人,身有香气,非特欲香,有不期然而然者,为亲眷保安荐亡者皆不可不知。

又云:

至于作佛事,不必念经拜忏做水陆,以此等事,皆属场面,宜专一念佛,俾令郎等亦始终随之而念,女眷则各于自室念之,不宜附于僧位之末。如是则不但尊夫人令眷实获其益,即念佛之僧并一切见闻无不获益也。凡作佛事,主人若肯临坛,则僧自发真实心,倘主人以此为具文,则僧亦以此为具文矣。

又云:

做佛事一事,余前已详言之,祈勿徇俗徒作虚套,若念四十九天佛,较诵经之利益多多矣。

又《复周孟由昆弟书》云：

做佛事，只可念佛，勿做别佛事，并令全家通皆恳切念佛，则于汝母，于汝等诸眷属及亲戚朋友，皆有实益。

又云：

请僧念七七佛甚好。念时，汝兄弟必须有人随之同念。

统观以上印光老法师之言，于念佛则尽力提倡，于做水陆诵经拜忏放焰口等，则云决不提倡。又云念佛利益多于诵经拜忏做水陆多多矣。又云诵经拜忏做水陆有名无实。又云念经拜忏做水陆等事皆属场面。又云徒作虚套。老法师悲心深切，再三告诫，智者闻之，详为审察，当知何去何从矣。厦门泉州诸居士，归依印光老法师者甚众。惟望懔遵师训，努力劝导诸亲友等，自今以后，决定废止拜忏诵经做水陆等，一概改为念佛。若能如此实行，不惟闽南各寺念佛堂可以维持永久，而闽南诸邑人士信仰净土法门者日众，往生西方者日多，则皆现前诸居士劝导之功德也。幸各勉旃！

1934 年 9 月于万寿岩讲

净宗问辨

古德撰述，每设问答，遣除惑疑，翼赞净土，厥功伟矣。宋代而后，迄于清初，禅宗最盛，其所致疑多缘于此。今则禅宗渐衰，未劳攻破。而复别有疑义，盛传当时。若不商榷，或致讹乱。故于万寿讲次，别述所见，冀息时疑。匪曰好辨，亦以就正有道耳。

问：当代弘扬净土宗者，恒谓专持一句弥陀，不须复学经律论等，如是排斥教理，偏赞持名，岂非主张太过焉？

答：上根之人，虽有终身专持一句圣号者，而决不应排斥教理。若在常人，持名之外，须于经律论等随力兼学，岂可废弃。且如灵芝疏主，虽撰义疏盛赞持名，然其自行亦复深研律藏，旁通天台法相等，其明证矣。

问：有谓净土宗人，率多抛弃世缘，其信然欤？

答：若修禅定或止观或密咒等，须谢绝世缘，入山静习。净土法门则异于是。无人不可学，无处不可学，士农工商务安其业，皆可随分修其净土。又于人事善利群众公益一切功德，悉应尽力集积，以为生西资粮，何可云抛弃焉！

问：前云修净业者不应排斥教理抛弃世缘，未审出何经论？

答：经论广明，未能具陈，今略举之。《观无量寿佛经》云：欲生

彼国者当修三福。一者、孝养父母，奉事师长，慈心不杀，修十善业。二者、受持三归，具足众戒，不犯威仪。三者、发菩提心，深信因果，读诵大乘，劝进行者。如此三事，名为净业，乃是过去、未来、现在三世诸佛净业正因。《无量寿经》云：发菩提心，修诸功德，殖诸德本，至心回向，欢喜信乐，修菩萨行。《大宝积经发胜志乐会》云：佛告弥勒菩萨言：菩萨发十种心。一者、于诸众生，起于大慈，无损害心。二者、于诸众生，起于大悲，无逼恼心。三者、于佛正法，不惜身命，乐守护心。四者、于一切法，发生胜忍，无执着心。五者、不贪利养，恭敬尊重，净意乐心。六者、求佛种智，于一切时，无忘失心。七者、于诸众生，尊重恭敬，无下劣心。八者、不著世论，于菩提分，生决定心。九者、种诸善根，无有杂染，清净之心。十者、于诸如来，舍离诸相，起随念心。若人于此十种心中，随成一心，乐欲往生极乐世界，若不得生，无有是处。

问：菩萨应常处娑婆，代诸众生受苦。何故求生西方？

答：灵芝疏主初出家时，亦尝坚持此见，轻谤净业。后遭重病，色力痿羸，神识迷茫，莫知趣向。既而病瘥，顿觉前非，悲泣感伤，深自克责，以初心菩萨未得无生法忍。志虽洪大，力不堪任也。《大智度论》云：具缚凡夫有大悲心，愿生恶世救苦众生无有是处。譬如婴儿不得离母。又如弱羽只可传枝。未证无生法忍者，要须常不离佛也。

问：法相宗学者欲见弥勒菩萨，必须求生兜率焉？

答：不尽然也。弥勒菩萨乃法身大士，尘尘刹刹同时等遍。兜率内院有弥勒，极乐世界亦有弥勒，故法相宗学者不妨求生西方。且生西方已，并见弥陀及诸大菩萨，岂不更胜？《华严经普贤行愿品》云：到已，即见阿弥陀佛、文殊师利菩萨、普贤菩萨、观自在菩萨、弥勒菩萨等。又《阿弥陀经》云：其中多有一生补处，其数甚多，非是算数所能知之，但可以无量无边阿僧祇说。众生闻者，应当发愿，愿生彼国。所以者何？得与如是诸上善人俱会一处。据上所引经文，求生西方最为殊胜也。故慈恩教主窥基大师曾撰《阿弥陀经通赞》三卷及疏一卷，普劝众生同归极乐，遗范具在，可依承。

问：兜率近而易生，极乐远过十万亿佛土，若欲往生不綦难欤？

答：《华严经普贤行愿品》云：一刹那中，即得往生极乐世界。《灵芝弥陀义疏》云：十万亿佛土，凡情疑远，弹指可到。十方净秽同一心故，心念迅速不思议故。由是观之，无足虑也。

问：闻密宗学者云，若惟修净土法门，念念求生西方，即渐渐减短寿命，终至夭亡。故修净业者，必须兼学密宗长寿法，相辅而行，乃可无虑。其说确乎？

答：自古以来，专修净土之人，多享大年，且有因念佛而延寿者。前说似难信也。又既已发心求生西方，即不须顾虑今生寿命长短，若顾虑者必难往生。人世长寿不过百年，西方则无量无边阿僧祇劫。智者权衡其间，当知所轻重矣。

问：有谓弥陀法门，专属送死主教，若药师法门，生能消灾延寿，死则往生东方净刹，岂不更善？

答：弥陀法门，于现生何尝无有利益，具如经论广明，今且述余所亲闻事实四则证之，以息其疑。一、瞽目重明。嘉兴范古农友人戴君，曾卒业于上海南洋中学，忽尔双目失明，忧郁不乐。古农乃劝彼念阿弥陀佛，并介绍居住平湖报本寺，日夜一心专念。如是年余，双目重明如故。此事古农为余言者。二、沉疴顿愈。海盐徐蔚如旅居京师，屡患痔疾，经久不愈。曾因事远出，乘人力车磨擦颠簸，归寓之后，痔乃大发，痛彻心髓，经七昼夜不能睡眠，病已垂危。因忆华严十回向品代众生受苦文，依之发愿。后即一心专念阿弥陀佛，不久遂能安眠，醒后痔疾顿愈，迄今已十数年，未曾再发。此事蔚如尝与印光法师言之。余复致书询问，彼言确有其事也。三、冤鬼不侵。四川释显真，又字西归。在家时历任县长，杀戮土匪甚多。出家不久，即住宁波慈溪五磊寺，每夜梦见土匪多人，血肉狼藉，凶暴愤怒，执持枪械，向其索命。遂大恐惧，发勇猛心，专念阿弥陀佛，日夜不息，乃至梦中亦能持念。梦见土匪，即念佛号以劝化之。自是梦中土匪渐能和驯，数月以后，不复见矣。余与显真同住最久。常为余言其往事，且叹念佛功德之不可思议也。四、危难得免。温州吴璧华勤修净业，行住坐卧，恒念弥陀圣号。十一年壬戌七月下旬，温州飓风暴雨，墙屋倒坏者甚多。是夜璧华适卧墙侧，默念佛号而眠。夜半，墙忽倾圮，砖砾泥土坠落遍身，家人疑已

压毙,相率奋力除去砖土,见璧华安然无恙,犹念佛号不辍。察其颜面以至肢体,未有毫发损伤,乃大惊叹,共感佛恩。其时令居温州庆福寺,风灾翌日,璧华亲至寺中向余言之。璧华早岁奔走革命,后信佛法,于北京、温州、杭州及东北各省尽力弘扬佛化,并主办赈济慈善诸事,临终之际,持念佛号,诸根悦豫,正念分明。及大殓时,顶门犹温,往生极乐,可无疑矣。

1935年3月于万寿岩讲

为性常法师掩关笔示法则

　　古人掩关皆为专修禅定或念佛，若研究三藏则不限定掩关也。仁者此次掩关，实为难得之机会。应于每日时间，以三分之二专念佛诵经（或默阅但不可生分别心），以三分之一时间温习戒本羯磨及习世间文字。因机会难可再得，不于此时专心念佛，以后恐无此胜缘。至于研究等事，在掩关时虽无甚成绩，将来出关后，尽可缓缓研究也。念佛一事，万不可看得容易，平日学教之人，若令息心念佛，实第一困难主事，但亦不得不勉强而行也。此事至要至要，万不可轻忽。诵经之事可以如常。又每日须拜佛若干拜，既有功德，亦可运动身体也。念佛时亦宜数数经行，因关中运动太少，食物不宜消化，故宜礼拜经行也。念佛之事，一人甚难行，宜与义俊法师协定课程，二人同时行之，可以互相策励，不致懈怠中止也。

　　课程大致如下：早粥前念佛，出声或默念随意。

　　早粥后稍休息。礼佛诵经。九时至十一时研究。年饭后休息。二时至四时研究（研究时间每日以四小时为限不可多）。四时半起礼佛诵经。黄昏后专念佛。晚间可以不点灯，唯佛前供琉璃灯可耳。

　　三年之中，可与义俊法师讲戒本及表记羯磨六遍。每半年讲一遍。自己既能温习，亦能令他人得益。昔南山律祖，尚听律十二遍未尝厌

倦，何况吾等钝根之人耶？戒本羯磨能十分明了，且记忆不忘，将来出关之后，再学行事钞等非难事矣。世俗文字略学四书及历史等。学生字典宜学全部，但若鲜暇，不妨缺略，因此等事，出关之后仍可学习也。若念佛等，出关之后，恐难继续，唯在关中，能专心也。又在闭关时宜注意者如下。

不可闲谈　不晤客人　不通信（有十分要事，写一纸条交与护关者。）

凡一切事，尽可俟出关后再料理也，时机难得。光阴可贵，念之！念之！

余既无道德，又乏学问。今见仁者以诚恳之意，谆谆请求，故略据拙见拉杂书此，以备采择。性常关主慧

乙亥四月一日演音书印

1935 年 4 月 1 日书

律学要略

我出家以来,在江浙一带并不敢随便讲经或讲律,更不敢赴什么传戒的道场,其缘故是因个人感觉着学力不足。三年来在闽南虽曾讲过些东西,自心总觉非常惭愧的。这次本寺诸位长者再三地唤我来参加戒期胜会,情不可却,故今天来与诸位谈谈,但因时间匆促,未能预备,参考书又缺少,兼以个人精神衰弱,拟在此共讲三天。今天先专为求授比丘戒者讲些律宗历史,他人旁听,虽不能解,亦是种植善根之事。

为比丘者应先了知戒律传入此土之因缘,及此土古今律宗盛衰之大概。由东汉至曹魏之初,僧人无归戒之举,唯剃发而已。魏嘉平年中,天竺僧人法时到中土,乃立羯磨受法,是为戒律之始。当是时可算是真实传授比丘戒的开始,渐渐达至繁盛时期。

大部之广律,最初传来的是《十诵律》,翻译斯部律者,系姚秦时的鸠摩罗什法师,庐山净宗初祖远公法师亦竭力劝请赞扬。六朝时此律最盛于南方。其次翻译的是《四分律》,时期和《十诵律》相去不远,但迟至隋朝乃有人弘扬提倡,至唐初乃大盛。第三部是《僧祇律》,东晋时翻译的,六朝时北方稍有弘扬者。刘宋时继《僧祇律》后,有《五分律》,翻译斯律之人,即是译六十卷《华严经》者,文精而简,道宣律师甚赞,可惜罕有人弘扬。至其后有《有部律》,乃唐武则天时义净法师的译著,即是西藏一带最通行的律。当初义净法师在印度有二十余年的历史，博学强记，贯通律学精微，非至印度之其他僧人所能及，实空前绝后的中国大律师。义净回国，翻译终毕，他年亦老了，不久即圆寂，以后无有人弘扬，可惜！可惜！此外诸部律论甚多，不遑枚举。

关于《有部律》，我个人起初见之甚喜，研究多年；以后因朋友劝告即改研《南山律》，其原因是《南山律》依《四分律》而成，又稍有变化，能适合吾国僧众之根器故。现在我即专就《四分律》之历史大略说些。

唐代是《四分律》最盛时期，以前所弘扬的是《十诵律》，《四分律》少人弘扬；至唐初《四分律》学者乃盛，共有三大派：一《相部律》，依法砺律师为主；二《南山律》，以道宣律师为主；三《东塔律》，依怀素律师为主。法砺律师在道宣之前，道宣曾就学于他。怀素律师在道宣之后，亦曾亲近法砺道宣二律师。斯律虽有三大派之分，最盛行于世的可算《南山律》了。南山律师著作浩如烟海，其中《行事钞》最负盛名，是时任何宗派之学者皆须研行事钞；自唐至宋，解者六十余家，惟灵芝元照律师最胜，元照律师尚有许多其他经律的注释。元照后，律学渐渐趋于消沉，罕有人发心弘扬。

南宋后禅宗益盛，律学更无人过问，所有唐宋诸家的律学撰述数千卷悉皆散失；迨至清初，唯存《南山随机羯磨》一卷，如是观之，大足令人兴叹不已！明末清初有蕅益、见月诸大师等欲重兴律宗，但最可憾者，是唐宋古书不得见。当时蕅益大师著述有《毗尼事义集要》，初讲时人数已不多，以后更少；结果成绩颓然。见月律师弘律颇有成绩，撰述甚多，有解《随机羯磨》者，毗尼作持，与南山颇有不同之处，因不得见南山著作故！此外尚有最负盛名的《传戒正范》一部，从明末至今，传戒之书独此一部，传戒尚存之一线曙光，惟赖此书；虽与南山之作未能尽合，然其功甚大，不可轻视；但近代受戒仪轨，又依此稍有增减，亦不是见月律师传戒正范之本来面目了。

南宋至清七百余年，关于唐宋诸家律学撰述，可谓无存；清光绪末年乃自日本请还唐宋诸家律书之一部分，近十余年间，在天津已刊者数百卷。此外续藏经中所收尚未另刊者，犹有数百卷。

今后倘有人发心专力研习弘扬，可以恢复唐代之古风，蕅益、见月

等所欲求见者今悉俱在；我们生此时候，实比蕅益、见月诸大师幸福多多。

但学律非是容易的事情，我虽然学律近二十年，仅可谓为学律之预备，窥见了少许之门径；再预备数年，乃可着手研究，以后至少须研究二十年，乃可稍有成绩。奈我现在老了，恐不能久住世间，很盼望你们有人能发心专学戒律，继我所未竟之志，则至善矣。

我们应知道：现在所流通之传戒正范，非是完美之书，何况更随便增减所以必须今后恢复古法乃可；此皆你们的责任，我甚希望大家共同勉励进行！

今天续讲三归、五戒、乃至菩萨戒之要略。

三归、五戒、八戒、沙弥沙弥尼戒、式叉摩那戒、比丘比丘尼戒、菩萨戒等，就普通说，菩萨戒为大乘，余皆小乘，但亦未必尽然，应依受者发心如何而定。我近来研究南山律，内中有云："无论受何戒法，皆要先发大乘心。"由此看来，哪有一种戒法专名为小乘的呢！再就受戒方法论，如：三归、五戒、沙弥沙弥尼戒，皆用三归依受；至于比丘比丘尼戒、菩萨戒，则须依羯磨文受；又如式叉摩那，则是作羯磨与学戒法，不是另外得戒，与上不同。再依在家出家分之：就普通说，在家如三归、五戒、八戒等，出家如沙弥比丘等，实而言之，三归、五戒、八戒，皆通在家出家。诸位听着这话，或当怀疑，今我以例证之。如：明灵峰蕅益大师，他初亦受比丘戒，后但退作三归人，如是言之，只有三归亦可算出家人。

又若单五戒亦可算出家人，因剃发以后，必先受五戒，后再受沙弥戒，未受沙弥戒前，止是五戒之出家人。故五戒通于在家出家，有在家优婆塞、出家优婆塞之别；例如：明蕅益大师之大弟子成时、性旦二师，皆自称为出家优婆塞。成时大师为编辑《净土十要》及《灵峰宗论》者，性旦大师为记录弥陀要解者，皆是明末的高僧。

八戒何为亦通在家出家？《药师经》中说：比丘亦可受八戒，比丘再受八戒为欲增上功德故。这样看起来，八戒亦通于僧俗。

以上略判竟，以下一一分别说之。

三归：不属于戒，仅名三归。三归者：归依佛，归依法，归依僧。未

受以前必须要了解三归道理,并非糊里糊涂地盲从瞎说,如这样子皆不得三归。

所谓三宝有四种之别,一理体三宝,二化相三宝,三住持三宝,四一体三宝。尽讲起来很深奥复杂,现在且专就住持三宝来说。三宝意义是什么?佛,法,僧。所谓佛即形像,如:释迦佛像、药师佛像、弥陀佛像等;法即佛所说之经,如:《法华经》、《楞严经》等,皆佛金口所流露出来之法;僧即出家剃发受戒有威仪之人。以上所说佛、法、僧道理,可谓最浅近,诸位谅皆能明了吧。

归依即回转的意义,因前背舍三宝,而今转向三宝,故谓之归依。但无论出家在家之人,若受三归时,最重要点有二:第一要注意归依三宝是何意义?第二当受三归时,师父所说应当十分明白,或师父所讲的话,全是文言不能了解,如是决不能得三归;或隔离太远,听不明白亦不得三归;或虽能听到大致了解,其中尚有一二怀疑处,亦不得三归。又正授之时,即是"归依佛"、"归依法"、"归依僧"三说,此最要紧,应十分注意;以后之"归依佛竟"、"归依法竟"、"归依僧竟",是名三结,无关紧要;所以诸位发心受戒,应先了知三归意义,又当正授时,要在先"归依佛"等三语注意,乃可得三归。

以上三归说已。下说五戒。

五戒:就五戒言,亦要请师先为说明。五戒者:杀,盗,淫,妄,酒。当师父说明五戒意义时,切要用白话,浅近明了,使人易懂。受戒者听毕,应先自思量如是诸戒能持否,若不能全持,或一,或二,或三,或四,皆可随意;宁可不受,万不可受而不持!且就杀生而论,未受戒者,犯之本应有罪,若已受不杀戒者犯之,则罪更加重一倍,可怕不可怕呢!你们试想一想,如果不能受持,勉强敷衍,实是自寻烦恼!据我思之:五戒中最容易持的,是:不邪淫、不饮酒,诸位可先受这两条最为稳当;至于杀与妄语,有大小之分,大者虽不易犯,小者实为难持;又五戒中最为难持的莫如盗戒,非于盗戒戒相研究十分明了之后,万不可率尔而受。所以我盼望诸位对于盗戒一条缓缓再说,至要!至要!但以现在传戒情形看起来,在这许多人众集合场中,实际上是不能如上一一别受;我想现在受五戒时,不妨合众总受五戒,俟受戒后,再

自己斟酌取舍,亦未为不可;于自己所不能奉持的数条,可以在引礼师前或俗人前舍去,这样办法,实在十分妥当,在授者减麻烦,诸位亦可免除烦恼。另外还有一句要紧的话,倘有人怀疑于此大众混杂扰乱之时,心中不能专一注想,或恐犹未得戒者,不妨请性愿老法师或其他善知识,再为重授一次,他们当即慈悲允许。诸位!你们万不可轻视三归五戒!我有句老实话对诸位说:菩萨戒不是容易得的,沙弥戒及比丘戒是不能得的,无论出家或在家人所希望者,惟有三归五戒,我们倘能得三归五戒,那就是很好的了。因受持五戒,来生定可为人;既能持五戒,再说念阿弥陀佛名号,求生西方,临终时定能往生西方极乐世界,岂不甚好。就我自己而论,对于菩萨戒是有名无实,沙弥戒及比丘戒决定未得;即以五戒而言,亦不敢说完全,止可谓为出家多分优婆塞而已。这是实话。所以我盼望诸位要注意三归五戒;当受五戒,应知于前说三归正得戒体,最宜注意;后说五戒戒相为附属之文,不是在此时得戒。又须请师先为说明五戒之广狭;例如:饮酒一戒,不惟不饮泉州酒店之酒,凡尽法界虚空界之戒缘境酒,皆不可饮。杀、盗、淫、妄,亦复如是。所以受戒功德普遍法界,实非人力所能思议。

宗华山见月律师所编三归五戒正范,所有开示多用骈体文,闻者万不能了解,等于虚文而已;最好请师译成白话。此外我更附带言之:近有为人授五戒者于不饮酒后加不吸烟一句,但这不吸烟可不必加入;应另外劝告,不应加入五戒文中。

以上说五戒毕,以下讲八戒。

八戒:具云八关斋戒。"关"者禁闭非逸,关闭所有一切非善事。"斋"是清的意思,绝诸一切杂想事。八关斋戒本有九条,因其中第七条包含两条,故合计为八条。前五与五戒同,后三条是另加的。后加三者,即:

第六,华香璎珞香油涂身,这是印度美丽装饰之风俗,我国只有花香,并无璎珞等;但所谓香如吾国香粉、香水、香牙粉、香牙膏及香皂等,皆不可用。

第七,高胜床上坐,作倡伎乐故往观听。这就是两条合为一条的;现略为分析:"高"是依佛制度,坐卧之床脚,最高不能超过一尺六寸;"胜"是指金银牙角等之装饰,此皆不可。但在他处不得已的时候,暂坐可开;

佛制是专为自制的须结正罪，如别人已作成功的不是自制的，罪稍轻。作倡伎乐故往观听，音乐影戏等皆属此条；所谓故往观听之"故"字要注意，于无意中偶然听到或看见的不犯。以上高胜床上坐，作倡伎乐故往观听，共合为一条。受八关斋戒的人，皆不可为。

第八，非时食。佛制受八关斋戒后，自黎明至正午可食，倘越时而食，即叫做非时食。即平常所说的"过午不食。"但正午后，不单是饭等不可食，如牛奶水果等均不可用。如病重者，于不得已中，可在大家看不到地方开食粥等。

受八关斋戒，普通于六斋日受；六斋日者，即：初八，十四，十五，廿三，及月底最后二日；倘能发心日日受，那是最好不过了。受时要在每天晨起时，期限以一日一夜——天亮时至夜，夜至明早。——受八关斋戒后，过午不食一条，应从今天正年后至明日黎明时皆不可食。又八戒与菩萨戒比较别的戒有区别；因为八戒与菩萨戒，是顿立之戒（但上说的菩萨戒，是局就梵网璎珞等而说的；若依瑜伽戒本，则属于渐次之戒）。这是什么缘故呢？未受五戒、沙弥戒、比丘戒，皆可即受菩萨戒或八戒，故曰顿立；若渐次之戒，必依次第，如先五戒，次沙弥戒，次比丘戒，层层上去的。以上所说八关斋戒，外江居士受的非常之多；我想闽南一带，将来亦应当提倡提倡！若嫌每月六日太多，可减至一日或两日亦无不可；因仅受一日，即有极大功德，何况六日全受呢！

沙弥戒：沙弥戒诸位已知道了吧？此乃正戒，共十条。其中九条同八戒，另加手不捉钱宝一条，合而为十。但手不捉钱宝一条，平常人不明白，听了皆怕；不知此不捉钱宝是易持之戒，律中有方便办法，叫做"说净"，经过说净的仪式后，亦可照常自己捉持；最为繁难者，是正戒十条外于比丘戒亦应学习，犯者结罪。我初出家时不晓得，后来学律才知道。这样看起来，持沙弥戒亦是不容易的一回事。

沙弥尼戒：即女众，法戒与沙弥同。

式叉摩那戒：梵语式叉摩那，此云学法女；外江各丛林，皆谓在家贞女为式叉摩那，这是错误的。闽南这边，那年开元寺传戒时，对于贞女不称式叉摩那，只用贞女之名，这是很通；平常人多不解何者为式叉摩那，我现在略为解释一下：

哪一种人可以受式叉摩那戒呢？要已受沙弥尼戒的人于十八岁时，受式叉摩那法，学习二年，然后再受比丘尼戒；因为佛制二十岁乃可受戒，于十八岁时，再学二年正当二十岁。于二年学习时，僧作羯磨，与学戒法；二年学毕乃可受比丘尼戒；但式叉摩那要学三法：一学根本法——即四重戒。二学六法——染心相触，盗减五钱，断畜命，小妄语，非时食，饮酒。三学行法——大尼诸戒，及威仪。

此仅是受学戒法，非另外得戒，故与他戒不同。以下讲比丘戒。比丘戒：因时间很短，现在不能详细说明，唯有几句要紧话先略说之：

我们生此末法时代，沙弥戒与比丘戒皆是不能得的。原因甚多甚多！今且举出一种来说，就是没有能授沙弥戒比丘戒的人；若受沙弥戒，须二比丘授，比丘戒至少要五比丘授：倘若找不到比丘的话，不单比丘戒受不成，沙弥戒亦受不成。我有一句很伤心的话要对诸位讲：从南宋迄今六七百年来，或可谓僧种断绝了！以平常人眼光看起来，以为中国僧众很多，大有达至几百万之概；据实而论，这几百万中，要找出一个真比丘，怕也是不容易的事！如此怎样能受沙弥比丘戒呢？既没有能授戒的人，如何会得戒呢？我想诸位听到这话，心中一定十分扫兴；或以为既不得戒，我们白吃辛苦，不如早些回去好，何必在此辛辛苦苦做这种极无意味的事情呢？但如此怀疑是大不对的：我劝诸位应好好地、镇静地在此受沙弥戒比丘戒才是！虽不得戒，亦能种植善根，兼学种种威仪，岂不是好？又若想将来学律，必先挂名受沙弥比丘戒，否则以白衣学律，必受他人讥评：所以你们在这儿发心受沙弥比丘戒是很好的！

这次本寺诸位长老唤我来讲律学大意，我感着有种种困难之点；这是什么缘故？比方我在这儿，不依据佛所说的道理讲，一味地随顺他人顾惜情面敷衍了事，岂不是我害了你们吗！若依实在的话与你们讲，又恐怕因此引起你们的怀疑；所以我觉着十分困难。因此不得已，对于诸位分做两种说法：（一）老实不客气地，必须要说明受戒真相，恐怕诸位出戒堂后，妄自称为沙弥或比丘，致招重罪，那是不得了的事情！我有种比方，譬如：泉州这地方有司令官等，不识相的老百姓亦自称我是司令官，如司令官等听到，定遭不良结果，说不定有枪毙之危险！未得沙弥比丘戒者，妄自称为沙弥或比丘,必定遭恶报,亦就是这个道理。我为着良心的驱使,所以要对诸位说老实话。(二)以现在人情习惯看起来,我总劝诸位受戒,挂个虚名,受后俾可学律;不然,定招他人诽谤之虞;这样的说,诸位定必明了吧。

更进一层说,诸位中若有人真欲绍隆僧种,必须求得沙弥比丘戒者,亦有一种特别的方法;即是如蕅益大师礼占察忏仪,求得清净轮相,即可得沙弥比丘戒;除此以外,无有办法。故蕅益大师云:"末世欲得净戒,舍此占察轮相之法,更无别途。"因为得清净轮相之后,即可自誓总受菩萨戒而沙弥比丘戒皆包括在内,以后即可称为菩萨比丘。礼占察忏得清净轮相,虽是极不容易的事,倘诸位中有真发大心者,亦可奋力进行,这是我最希望你们的。以下说比丘尼戒。

比丘尼戒:现在不能详说。依据佛制,比丘尼戒要重复受两次;先依尼僧授本法,后请大僧正授,但正得戒时,是在大僧正授时;此法南宋以后已不能实行了。最后说菩萨戒:

菩萨戒:为着时间关系,亦不能详说。现在略举三事:(一)要有菩萨种性,又能发菩提心,然后可受菩萨戒。什么是种性呢?就简单来说,就是多生以来所成就的资格。所以当受戒时,戒师问:"汝是菩萨否?"应答曰:"我是菩萨!"这就是菩萨种性。戒师又问:"既是菩萨,已发菩提心否?"应答曰:"已发菩提心。"这就是发菩提心。如这样子才能受菩萨戒。(二)平常人受菩萨戒者皆是全受;但依璎珞本业经,可以随身分受,或一或多;与前所说的受五戒法相同。(三)犯相重轻,依旧疏新疏有种种差别,应随个人力量而行;现以例说,如:妄语戒,旧疏说大妄语乃犯波罗夷罪,新疏说,小妄语即犯波罗夷罪。至于起杀盗淫妄之心,即犯波罗夷,乃是为地上菩萨所制。我等凡夫是做不到的。

所谓菩萨戒虽不易得,但如有真诚之心,亦非难事;且可自誓受,不比沙弥比丘戒必须要请他人授;因为菩萨戒、五戒、八戒皆可自誓受,所以我们颇有得菩萨戒之希望!

今天律学要略讲完,我想在其中有不妥当处或错误处,还请诸位原谅。最后我尚有几句话:诸位在此受戒很好。在近代说,如外江最有名

望的的地方,虽有传戒,实不及此地完备,这是这里办事很有热心,很有精神,很有秩序,诚使我佩服,使我赞美。就以讲律来说,此地戒期中讲沙弥律、比丘戒本、梵网经,他方是难有的。几年前泉州大开元寺于戒期中提倡讲律,大家皆说是破天荒的举动。本寺此次传戒之美备,实与数年前大开元寺相同;并有露天演讲,使外人亦有种植善根之机缘,诚办事周到之处。本年天灾频仍,泉州亦不在例外,在人心惨痛、境遇萧条的状况中,本寺居然以极大规模,很圆满地开戒,这无非是诸位长老及大护法的道德感化所及;我这次到此地,心实无限欢喜,此是实话,并非捧场;此次能碰着这大机缘与诸位相聚,甚慰衷怀。最后还要与诸位恭喜。

　　　　　　　1935年11月于泉州承天寺律仪会讲

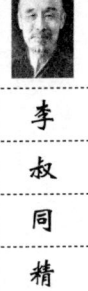

泉州开元慈儿院讲录

我到闽南，已有十年，来到贵院，也有好几回，一回到院，都觉得有一番进步，这是使我很喜欢的。贵院各种课程，都有可观，其最使我满意赞叹的，就是早晚两堂课诵。古语道：人身难得，佛法难闻。诸生倘非夙有善根，怎得来这里读书，又复得闻佛法呢！今这样，真是好极了。诸生得这难得机缘，应各各起欢喜心，深自庆幸才是。

我今讲本师释迦牟尼佛在因地中为法舍身几段故事给诸位听，现在先引《涅槃经》一段来说。释迦牟尼佛在无量劫前，当无佛法时代，曾作婆罗门，这位婆罗门，品格清高，与众不同，发心访求佛法。那时忉利天王在天宫瞧见，要试此婆罗门，有无真心，化为罗刹鬼，状极凶恶，来与婆罗门说法，但是仅说半偈（印度古代的习惯以四句为一偈）。婆罗门听了罗刹鬼所说的半偈很喜欢，要求罗刹再说后半偈，罗刹不肯。婆罗门力求，罗刹便向婆罗门道："你要我说后半偈，也可以，你应把身上的血给我饮，身上的肉给我吃，才可许你。"婆罗门为求法故，即时答应道："我甚愿将我身上的血肉给你。"罗刹以婆罗门既然诚恳地允许，便把后半偈说给他听。婆罗门得闻了后半偈，真觉心满意足，不特自己欢喜，并且把这偈书写在各处，遍传到人间去。婆罗门在各处树木山岩上书写此四句偈后，为维持信用，便想应如何把自己肉血给罗刹吃呢？他就要跑上一棵很高很高

的树上,跳跃下来,自谓可以丧了身命,便将血肉给罗刹吃。罗刹那时,看婆罗门不惜身命求法,心中十分感动,当婆罗门在高处舍身跃下,未坠地时,罗刹便现了天王的原形把他接住,这婆罗门因得不死。罗刹原系忉利天王所化,欲试试婆罗门的,今见婆罗门求法如此诚恳,自然是十分欢喜赞叹。若在婆罗门因志求无上正法,虽弃舍身命亦何所顾惜呢!刚才所说:婆罗门如此求法困难,不惜身命。诸位现在不要舍身,而很容易地得闻佛法,真是大可庆幸呀!

还有一段故事,也是《涅槃经》上说。过去无量劫时候,释迦牟尼佛,为一很穷困的人,当时有佛出世,见人皆先供养佛然后求法,己则贫穷无钱可供,他心生一计,愿以身卖钱来供佛,就到大街上去卖自己的身体。当在大街上喊卖身时,恰巧遇一病人,医生叫他每日应吃三两人肉,那病人看见有人卖身,便十分欢喜,因向贫人说:"你每日给我三两人肉吃,我可以给你五枚金钱!"这位穷人,听了这话,与那病人商洽说:"你先把五枚金钱拿来,我去买东西供养佛,求闻佛法,然后每日把我身上的肉割下给你吃。"当时病人应允,即先付金钱。这穷人供佛闻法已毕,即天天以刀割身上的三两肉给病人吃,吃到一个月,病才痊愈。当穷人每天割肉的时候,他常常念佛所说的偈,精神完全贯注在法的方面,竟如没有痛苦,而且不久他的身体也就平复无恙了。这穷人因求法之故,发心做难行的苦行有如此勇猛。诸生现今在这院里求学,早晚皆得闻佛法,不但每日无须割去若干肉,而且有衣穿,有饭吃,这岂不是很难得的好机缘吗?

再讲一段故事,出于《贤愚经》。释迦牟尼佛在因地时候,有一次身为国王,因厌恶终其身居于国王位,没有什么好处,遂发心求闻佛法。当时来了一位婆罗门,对这国王说:"王要闻法,可能把身体挖一千个孔,点一千盏灯来供养佛吗?若能如此,便可为你说法。"那国王听婆罗门这句话,便慨然对他说:"这有何难,为要闻法,情愿舍此身命,但我现有些少国事未了,容我七天,把这国事交下着落,便就实行。"到第七天,国事办完,王便欲在身上挖千个孔,点千盏灯,那时全国人民知道此事,都来劝阻。谓大王身为全国人民所依靠,今若这样牺牲,全国人民将何所赖呢?国王说:"现在你们依靠我,我为你们做依靠,不过是暂时,是靠不住的,我今求得佛法,将来成佛,当先度化你们,可为你们永远的依靠,岂不更好,

请大家放心,切勿劝阻。"那时国王马上就实行起来。呼左右将身上挖了一千孔,把油盛好,灯心安好,欣然对婆罗门说:"请先说法,然后点灯。"婆罗门答应,就为他说法。国王听了,无限地满足,便把身上一千盏灯,齐点起来,那时万众惊骇呼号。国王乃发大誓愿道:"我为求法,来舍身命,愿我闻法以后,早成佛道,以大智慧光普照一切众生。"这声音一发,天地都震动了,灯光晃耀之下,诸天现前,即问国王:"你身体如此痛苦,你心里后悔吗?"国王答:"绝不后悔。"后来国王复向空中发誓言:"我这至诚求法之心,果能永久不悔,愿我此身体即刻回复原状。"话说未已,至诚所感,果然身上千个火孔,悉皆平复,并无些少创痕。刚才所说,闻法有如此艰难,诸生现在闻法则十分容易,岂不是诸生有大幸福吗?自今以后,应该发勇猛精进心,勤加修习才是!

以前我曾居住开元寺好几次,即住在贵院的后面,早晚闻诸生念佛念经很如法,音声亦甚好听,每站在房门外听得高兴。因各种课程固好,然其他学校也是有的,独此早晚二堂课诵,是其他学校所无,而贵院所独有的,此皆是贵院诸职教员善于教导,和你们诸位努力,才有这十分美满的成绩,我希望贵院,今后能够继续精进努力不断地进步,规模益扩大,为全国慈儿院模范,这是我最后殷勤的希望。

1938年2月于泉州开元慈儿院讲

现代大师精品集丛书

《般若波罗蜜多心经》讲录

自今日始,讲三日,先说此次讲经之方法。心经虽仅二百余字,摄全部佛法。讲非数日,一二月,至少须一年。今讲三日,岂能尽。仅说简略大意,及用通俗的浅显讲法(无深文奥义,不释名相,一解大科)。

效　果

一、令粗解法者及未学法者,皆稍得利益。
二、又对常人(已信佛法)仅谓心经为空者,加以纠正。
三、又对常人(未信佛法)谓佛法为消极者,加以辨正。
(先经题,后经文。)

经　题

般若波罗蜜多心经
前七字为别题,后一字为总题。
般若,梵语也,译为智慧。

```
┌─常人之小智小慧─┐
├─学者之俗智俗慧─┤─非
└─二乘之空智空慧─┘
└─照见五蕴皆空,能除一切苦,真实不虚之大智大慧。
```

```
┌─小智慧  ┌小聪明─亦云有智慧,与佛法相远。
│        └小巧
├─俗智慧   研学问,上等人甚好,亦云有智慧,但与佛法无涉。
└─空智慧   小乘人。
```

波罗蜜多,译为到彼岸。(就一事之圆满成功言)

若以渡河为喻

动身处…………此岸

欲到处…………彼岸

以舟渡河竟………到彼岸

约法言之

此岸………轮回生死　须依般若舟,乃能渡到彼岸。

↓

彼岸………圆满佛果　而离苦得乐。

心,有数释。一释心乃比喻之辞,即是般若波罗蜜多之心。
(心为一身之必要,此经为般若之精要。)

引证
┌─大般若经云:余经犹如枝叶,般若犹如树根。
├─又云:不学般若波罗蜜多,证得无上正等菩提,无有是处。
└─又云:般若波罗蜜多能生诸佛,是诸佛母。

案般若部,于佛法中甚为重要。佛说法四十九年,说般若者二十二年。而所说大般若经六百卷,亦为藏经中最大之部。心经虽二百余字,能包六百卷大般若义,毫无遗漏,故曰心也。

经,梵语修多罗,此指契经。契为契理、契机。经谓贯穿摄化。经者,

织物之直线也。与横线之纬对。

此外尚有种种解释。

此经有数译（七译），今常诵者，为唐三藏法师玄奘所译。

已略释绎题竟。于讲正文之前，先应注意者。

研习心经者最应注意不可着空见。因常人闻说空义，误以为着空之见。此乃大误，且极危险。经云：宁起有见如须弥山，不起空见如芥子许。因起有见者，著有而修善业，犹报在人天。若着空见者，拨无因果则直趣泥犁。故断不可着空见也。

若再进而言之，空见既不可着，有见亦非尽善。应（一）不著有，（二）亦不着空，乃为宜也。

（一）若著有者，执人我皆实有。既分人我，则有彼此。不能大公无私，不能有无我之伟大精神，故不可著有。须忘人我，乃能成就利生之大事业。

（二）若着空，如前所说拨无因果且不谈。即二乘人仅得空慧而着偏空者，亦不能作利生事业也。

故佛经云 ─ 真空（非偏空、偏空不真。）
　　　　 └ 妙有（非实有、实有不妙。）

真空者，即有之空，虽不妨假说有人我，但不执着其相。

妙有者，即空之有，虽不执着其相，亦不妨假说有人我。

如是终日度生，实无所度。虽无所度，而又决非弃舍不为。若解此意，则常人所谓利益众生者，能力薄弱、范围小、时不久、不彻底。若欲能力不薄弱，范围大者，须学佛法。了解真空妙有之理，精进修行，如此乃能完成利生之大事业也。

或疑心经少说有，多说空者，因常人多着于有，对症下药，故多说空。虽说空，乃即有之空，是真空也。若见此真空，即真空不空。因有此空，将来作利生事业乃成十分圆满。

合前（三）非消极者，是积极，当可了然。世人之积极，不过积极于

暂时，佛法乃永久。

般若法门具有空与不空二义，以无所得故以前之经文，皆从般若之空一方面说。依此空义，于常人所执着之妄见，打破消灭一扫而空，使破坏至于彻底。菩提萨埵已下，是从般若不空方面说，复依此不空义，而炽然上求佛法，下化众生，以完成其圆满之建设。

亦犹世间行事，先将不良之习惯等一一推翻，然后良好建设乃得实现也。世有谓佛法唯是消极者，皆由不知佛法之全系统，及其精神所在，故有此误解也。

今讲正文，讲时分科。今唯略举大科，不细分。

```
                    ┌─初显了般若─┬─初经家叙引
大科    心经大科────┤            └─二正说般若
                    └─二秘密般若
```

由序再就说法之由序言，此译本不详。按宋施护译本，先云，世尊在灵鹫山中入三摩提。（三昧、译言正定等。）舍利子白观自在菩萨言。若有欲修学甚深般若法门者，当云何修学。而观自在菩萨遂说此经云云。

正　文

观自在菩萨

```
观自在 ┌约智  观理事无碍之境……自┐ 智悲双运、自
(即观  │利之妙用而了达自在。    ├ 利利他、故得
世音)  └约悲  观一切众生之机……利┘ 观自在之名。
        他之妙用而化度自在。
```

菩萨，'菩提萨埵'之省文，是梵语。

```
┌菩提──觉…………以智上求佛法。
└萨埵──有情………以悲下化众生。
```

（即众生）

此外有多释。

行深般若波罗蜜多时

深 ┬ 浅……人空般若——二乘人入。(人空者、人体为五蕴之假和合、其中无有真实之我体)
　　└ 深……法空般若——菩萨入。(法空者、五蕴亦空、如后所明。)

照见五蕴皆空

五蕴,即旧译之五阴也。世间万法无尽。欲研高深哲理及正当人生观。应先于万法有整个之认识,有统一之概念。佛法既含有高深之哲理及正当人生观,应知亦尔。

此五蕴,即佛教用以总括世间万法者。故仅研五蕴,与研究一切万法无异。蕴者,蕴藏积聚也。五蕴亦称为五法聚,亦即五类之义。乃将一切精神物质之法归纳于此五类中也。

五蕴
- 色蕴……障碍义,即一切相障有之处境。与物质之义相似而较广。} 境处
- 受蕴……领纳义,即对于外境或苦,或乐及不苦不乐等之感受。此与今时人所习用之感情一词(即随官感印象而生之官感感情)甚合,若作了别解之感觉释之则非,因了别乃属识蕴也。
- 想蕴……取像义,即取着感受之印象而思想。
- 行蕴……造作义,即对外境之动作。
- 识蕴……了别义,即了别外境,变出外境之本体。} 内心
- 由外境色…………而感着种种受　　轮转
- 由种种受…………而引起种种想　　生死
- 由种种想…………而发起种种行
- 由种种行…………而薰习内心之识　循环
- 由内心之识………而变成外境之色　不绝

空,此空之真理及境界,须行深般若时,乃能亲见实证。

今且就可能之范围略说。

五蕴中最难了解其为空者,即色蕴。因有物质、有阻碍、似非空也。凡夫迷之,认为实有,起诸分别。其实乃空。且举二义。

(一)无常　若色真实不虚者,应常恒不变,但外境之色蕴,乃息息变动。山河大地因有沧海桑田之感,即我自身,今年去年,今月上月,今日昨日,所谓我者亦不相同。即我鼻中出入息,此一息我,非前一息我。后一息我,非此一息我。因于此一息中,我身已起无数变化。最显者,我全身之血,因此一呼吸遂变其性质成分,位置及工作也。

若进言之,匪唯一息有此变化,即刹那中亦悉尔也。

既常常变化,故知是空。

(二)所见不同　若色真实不空者,应何时何人所见悉同。但我等外境之色蕴,乃依时依人而异。

如恒河水 ⎡鱼龙认为窟宅⎤
　　　　　｜天众认为琉璃｜
　　　　　｜人间认为波流｜ 皆依其识、而所见不同
　　　　　⎣饿鬼认为猛焰⎦

故外境之色,唯是我识妄认,非有真实。

有如喜时,觉天地皆春。忧时,觉景物愁惨。于同一境中,一喜一忧所见各异。

既所见不同,故知是空。

上略举二义,未能详尽。

既知色空,其他无物质无阻碍之受想行识,谓为是空,可无疑矣。

照见者非肉眼所见,明见也。

度一切苦厄

苦,生死苦果。

厄,烦恼苦因。能厄缚众生。

此二皆由五蕴不空而起。由妄认五蕴不空,即生贪瞋痴等烦恼。由有烦恼,即种苦因,由种苦因,即有苦果。

度、若照见五蕴皆空，自能解脱一切苦厄。解脱者，超出也。

舍利子等

以上为结经家叙引，以下乃正说般若。皆观自在菩萨所说，故先呼舍利子名。

舍利子，是佛之大弟子，舍利此云百舌鸟，其母辩才聪利，以此鸟为名。舍利子又依母为名，故名舍利子。以上皆依法华玄赞释。

色不异空，空不异色，色即是空，空即是色。

即前云五蕴皆空之真理，以五蕴与空对观，显明空义。

能知色不异空，无声色货利可贪，无五欲尘劳可恋。即出凡夫境界。能知空不异色，不入二乘涅槃，而化度众生。即出二乘境界。如是乃菩萨之行也。

故应于不异与即是二义详研，不得仅观空之一边，乃善学般若者也。

不异——粗浅色与空互较不异。仍是二事。

即是——深密色与空相即。空依色、色依空、非空外色、非色外空。乃是一事。

受想行识亦复如是。

⎡受想行识不异空，空不异受想行识。
⎣受想行识即是空，空即是受想行识。

依上所云不异即是二者观之。五蕴乃根本空，彻底空。

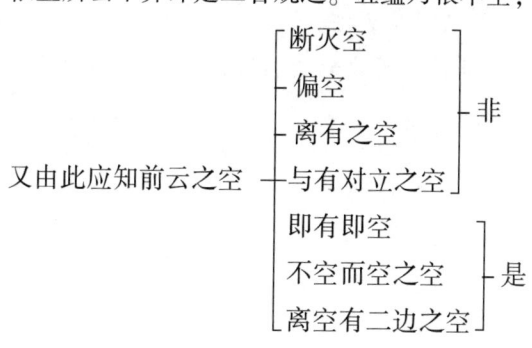

舍利子是诸法空相

诸法，前言五蕴，此言诸法，无有异也。

空相，此相字宜注意，上段说诸法空性，此处说诸法空相。所谓空者，非是但空，是诸法之有上所显之空，是离空有二边之空。最宜注意。

不生不灭，不垢不净，不增不减

菩萨依般若之妙用，既世间诸法，由凡夫观之（五蕴不空）有
- 出生 ┐
- 消灭 │ 体　照见五蕴皆空，则无生灭诸相。故云不生等也。
- 垢染 │ 相　生灭等相 ← 起分别心 ← 执着我见 ← 五蕴不空。
- 清净 │ 用　五蕴空 → 不执着我见 → 不起分别心 → 诸法空相，不生不灭等。
- 增加 │
- 减少 ┘

由此可知生死即涅槃，烦恼即菩提，众生即佛，而不厌离生死，怖畏烦恼，舍弃众生。乃能证不生等境界。如此乃是菩萨，乃是般若，乃是自在。

是故空中无色，无受想行识，无眼耳鼻舌身意，无色声香味触法，无眼界乃至无意识界。

以下广说五蕴皆空之义分为三段
- （一）空凡夫法（经文）是故空中无色（乃至）无意识界。
- （二）空二乘法（经文）无无明（乃至）无苦集灭道。
- （三）空大乘法（经文）无智亦无得以无所得故。

- 十二处
  - 五蕴如上所明，为迷心重者说五蕴。
  - 亦云十二入，入（六根六者根尘互相涉）入之义，为迷色重者说十二，尘名十二处
    - 眼处
    - 耳处
    - 鼻处
    - 舌处
    - 身处
    - 意处
    - 色处
    - 声处
    - 香处
    - 味处
    - 触处
    - 法处
- 十八界
  - 界者区分为义。十八种作用不同故。为色心俱迷者说十八界
    - 六根界
      - 眼界
      - 耳界
      - 鼻界
      - 舌界
      - 身界
      - 意界
    - 六尘界
      - 色界
      - 声界
      - 香界
      - 味界
      - 法界
    - 六识界
      - 眼识界
      - 耳识界
      - 鼻识界
      - 舌识界
      - 身识界
      - 意识界

虽分三科，皆总括一切法而说。因学者根器不同，而开合有异耳。

蕴处界三科经文 ┌ 是故空中无色，无受想行识。
　　　　　　　├ 无眼耳鼻舌身意，无色声香味触法。
　　　　　　　└ 无眼界乃至无意识界。

无无明亦无无明尽，乃至无老死亦无老死尽，无苦集灭道。

　　此乃空二乘法，上四句约缘觉言，下一句约声闻言。

　　缘觉者，常观十二因缘而悟道。

　　声闻者，(闻佛声教) 观四谛而悟道。

十二因缘
┌ 无明 ┐
│ 行　 ┘── 过去所作之因
│ 识 ┐
│ 名色 │
│ 六入 ├── 现在所受之果
│ 触　 │
│ 爱　 ┘
│ 爱 ┐
│ 取 ├── 现在所作之因
│ 有 ┘
│ 生 ┐
└ 老死 ┘── 未来所受之果

　　此十二因缘，乃说人生之生死苦果之起源及次序。藉流转还灭二门以显示世间及出世间法。流转者，无明乃至老死之世间法。还灭者，无明尽乃至老死尽之出世间法。

　　若行般若者，世间法空。故经云，无无明乃至无老死。出世间法亦空。故经云，无无明尽乃至无老死尽。

四谛 (谛者真)
┌ 苦谛生死报——世间苦果 ┐
├ 集谛烦恼业——世间苦因 ┘
├ 灭谛涅槃果——出世间乐果 ┐
└ 道谛菩提道——出世间乐因 ┘

　　亦分二门，前二流转，后二还灭。若行般若者，世间及出世间法皆空。

故经云，无苦集灭道。

无智亦无得以无所得故

此乃空大乘法。

人乘菩萨求种种智，以期证得佛果。故超出声闻缘觉之境界。

但所谓智，所谓得，皆不应执着。所谓智者，用以破迷。迷时说有智，悟时即不待言，故云'无智'。所谓得者，乃对未得而言。既得之后，便知此事本来具足、在凡不减，在圣不增，亦无所谓得，故云'无得'。

以无所得故一句，证其空之所以。

以上经文中，无字甚多，亦应与前空字解释相同。乃即有之无，非寻常有无之无也。若常人观之，以为无所得，则实有一无所得在，即有一无所得可得。非真无所得也。若真无所得或亦即是有所得。观下文所云佛与菩萨所得可知。

菩提萨埵（乃至）三藐三菩提

菩提萨埵等说菩萨乘依般若而得之益。

三世诸佛等说佛乘依般若而得之益。

菩提萨埵，依般若波罗蜜多故，心无挂碍。无挂碍，故无有恐怖，远离颠倒梦想，究竟涅槃。

菩提萨埵，即菩萨之具文。

三世诸佛，依般若波罗蜜多，故得阿耨多罗三藐三菩提。

阿耨多罗者，无上也。

三藐三菩提者，正等正觉也。

故知般若波罗蜜多，是大神咒，是大明咒，是无上咒，是无等等咒。能除一切苦，真实不虚。

咒者，秘密不可思议，功能殊胜。此经是经，而今又称为咒者，极言其神效之速也。

是大神咒者，称其能破烦恼，神妙难测。

是大明咒者，称其能破无明，照灭痴闇。
是无上咒者，称其令因行满，至理无加。
是无等等咒者，称其令果德圆，妙觉无等。
真实不虚者，约般若体。
能除一切苦者，约般若用。

故说般若波罗蜜多咒，即说咒曰：揭谛揭谛，波罗揭谛，波罗僧揭谛，菩提萨婆诃。

以上说显了般若竟，此说秘密般若。
般若之妙义妙用，前已说竟。尚有难于言说思想者，故续说之。
咒文依例不释。但当诵持，自获利益。
岁次戊寅二月十八日写讫。依前人撰述略录。
未及详审，所有误处，俟后改正。

演音记

1938年3月于温陵大开元寺讲

佛法大意

我至贵地,可谓奇巧因缘。本拟住半月返厦。因变住此,得与诸君相晤,甚可喜。

先略说佛法大意。

佛法以大菩提心为主。菩提心者,即是利益众生之心。故信佛法者,须常抱积极之大悲心,发救济一切众生之大愿,努力作利益众生之种种慈善事业。乃不愧为佛教徒之名称。

若专修净土法门者,尤应先发大菩提心。否则他人谓佛法是消极的、厌世的、送死的。若发此心者,自无此误会。

至于作慈善事业,尤要。既为佛教徒,即应努力作利益社会之种种事业。乃能令他人了解佛教是救世的、积极的。不起误会。

或疑经中常言空义,岂不与前说相反。

今案大菩提心,实具有悲智二义。悲者如前所说。智者不执着我相,故曰空也。即是以无我之伟大精神,而做种种之利生事业。

若解此意,而知常人执着我相而利益众生者,其能力薄、范围小、时不久、不彻底。若欲能力强、范围大、时间久、最彻底者,必须学习佛法,了解悲智之义,如是所作利生事业乃能十分圆满也。故知所谓空者,即是于常人所执着之我见,打破消灭,一扫而空。然后以无我之精神,努力切

实作种种之事业。亦犹世间行事，先将不良之习惯等一一推翻，然后良好建设乃得实现也。

今能了解佛法之全系统及其真精神所在，则常人谓佛教是迷信是消极者，固可因此而知其不当。即谓佛教为世界一切宗教中最高尚之宗教，或谓佛法为世界一切哲学中最玄妙之哲学者，亦未为尽理。

因佛法是真能：

说明人生宇宙之所以然。

破除世间一切谬见，而与以正见。破除世间一切迷信，而与以正信。恶行，而与以正行。幻觉，而与以正觉。

包括世间各教各学之长处，而补其不足。

广被一切众生之机，而无所遗漏。

不仅中国，现今如欧美诸国人，正在热烈地研究及提倡。出版之佛教书籍及杂志等甚多。

故望已为佛教徒者，须彻底研究佛法之真理，而努力实行，俾不愧为佛教徒之名。其未信佛法者，亦宜虚心下气，尽力研究，然后于佛法再加以评论。此为余所希望者。

以上略说佛法大意毕。

又当地信士，因今日为菩萨诞，欲请解释南无观世音菩萨之义。兹以时间无多，唯略说之。

南无者，梵语。即归依义。

菩萨者，梵语，为菩提萨埵之省文。菩提者觉，萨埵者众生。因菩萨以智上求佛法，以悲下化众生，故称为菩提萨埵。此以悲智二义解释，与前同也。

观世音者，为此菩萨之名。亦可以悲智二义分释。如《楞严经》云：由我观听十方圆明，故观音名遍十方界。约智言也。如《法华经》云：苦恼众生一心称名，菩萨即时观其音声，皆得解脱，以是名观世音。约悲言也。

1938 年 6 月 19 日于漳州七宝寺讲

药师如来法门略录

药师法门依据《药师经》而建立。此土所译《药师经》有四种：

（一）《佛说灌顶拔除过罪生死得脱经》一卷，即《大灌顶神咒经》卷十二，东晋帛尸梨蜜多罗译。又相传有刘宋慧简译《药师琉璃光经》一卷，今已佚失，或云即是东晋所译之《灌顶经》。

（二）佛说《药师如来本愿经》一卷，隋达摩笈多译。

（三）《药师琉璃光如来本愿功德经》一卷，唐玄奘译。此即现今流通本所据之译本。现今流通本与原译本稍有不同者有增文两段，一为依东晋译本补入主八大菩萨名，二为依唐义净译本补入神咒及前后文二十余行。

（四）《药师琉璃光七佛本愿功德经》二卷，唐义净译。前数译惟述药师佛，此译复增六佛，故云《七佛本愿功德经》，以外增加之文甚多。西藏僧众所读诵者为此本。

修持之法具如经文所载，今且举四种如下：

（一）持名，经中屡云闻名持名，因其法最为简易其所获之益亦最为广大也。今人持名者皆曰消灾延寿药师佛似未尽善，佛名唯举药师二字未能具足。佛德惟举消灾延寿四字亦多所缺略，故须依据经文而曰药师琉璃光如来斯为最妥善矣。

（二）供养，如香华幡灯等。

（三）诵经，及演说开示书写等。

（四）持咒。

所获利益广如经文所载，今且举十种如下：

（一）速得成佛，经中屡言之。

（二）行邪道者令入正道，行小乘者令入大乘。

（三）能得种种戒，又犯戒者还得清净不堕恶趣。

（四）得长寿富饶官位男女等。

（五）得无尽，所受用物无所乏少。

（六）一切痛苦皆除，水火刀兵盗贼刑戮诸灾难等悉免。

（七）转女成男。

（八）产时无苦，生子聪明少病。

（九）命终后随其所愿往生：

1. 人中，得大富贵。

2. 天上，不复更生诸恶趣。

3. 西方极乐世界，有八大菩萨接引。

4. 东方净琉璃世界。

（十）在恶趣中暂闻佛名即生人道修诸善行速证菩提。

灵感事迹甚多如旧录所载，今且举近事一则如下：

泉州承天寺觉圆法师，于未出家时体弱多病，既出家后二年之内病苦缠绵诸事不顺。后得闻药师如来法门，遂专心诵经持名忏悔，精勤不懈，迄至于今，身体康健，诸事顺利。法师近拟编辑药师圣典汇集，凡经文疏释及仪轨等，悉搜集之，刊版流布，以报佛恩焉。

跋

曩余在清尘堂讲药师如来法门，后由诸善友印施讲录，其时经他人辗转钞写，颇有讹误。兹由觉圆法师捐资再版印行，请余校正原稿，广为流布。法师出家以来，于药师法门最为信仰，近拟于泉州兴建大药师寺，其愿力广大，尤足令人赞叹云。

1938年7月于泉州清尘堂讲

佛法十疑略释

欲挽救今日之世道人心，人皆知推崇佛法。但对于佛法而起之疑问，亦复不少。故学习佛法者，必先解释此种疑问，然后乃能着手学习。以下所举十疑及解释，大半采取近人之说而叙述之，非是讲者之创论。所疑固不限此，今且举此十端耳。

一、佛法非迷信

近来知识分子，多批评佛法谓之迷信。

我辈详观各地寺庙，确有特别之习惯及通俗之仪式，又将神仙鬼怪等混入佛法之内，谓是佛法正宗。既有如此奇异之现相，也难怪他人谓佛法是迷信。

但佛法本来面目则不如此，决无崇拜神仙鬼怪等事。其仪式庄严，规矩整齐，实超出他种宗教之上。又佛法能破除世间一切迷信而与以正信，岂有佛法即是迷信之理。

故知他人谓佛法为迷信者，实由误会。倘能详察，自不至有此批评。

二、佛法非宗教

或有人疑佛法为一种宗教，此说不然。

佛法与宗教不同，近人著作中常言之，兹不详述。应知佛法实不在宗教范围之内也。

三、佛法非哲学

或有人疑佛法为一种哲学，此说不然。

哲学之要求，在求真理，以其理智所推测而得之某种条件即谓为真理。其结果，有一元、二元、唯心种种之说。甲以为理在此，乙以为理在彼，纷纭扰攘，相非相谤。但彼等无论如何尽力推测，总不出于错觉一途。譬如盲人摸象。其生平未曾见象之形状，因其所摸得象之一部分，即谓是为象之全体。故或摸其尾便谓象如绳，或摸其背便谓象如床，或摸其胸便谓象如地。虽因所摸处不同而感觉互异，总而言之，皆是迷惑颠倒之见而已。

若佛法则不然，譬如明眼人能亲见全象，十分清楚，与前所谓盲人摸象者迥然不同。因佛法须亲证"真如"，了无所疑，决不同哲学家之虚妄测度也。

何谓"真如"之意义？真真实实，平等一如，无妄情，无偏执，离于意想分别，即是哲学家所欲了知之宇宙万有之真相及本体也。夫哲学家欲发明宇宙万有之真象及本体其志诚为可嘉。第太无方法，致罔废心力而终不能达到耳。

以上所说之佛法非宗教及哲学，仅略举其大概。若欲详知者，有南京支那内学院出版之佛法非宗教非哲学一卷，可自详研，即能洞明其奥义也。

四、佛法非违背于科学

常人以为佛法重玄想，科学重实验，遂谓佛法违背于科学。此说不然。

近代科学家持实验主义者，有两种意义。

一是根据眼前之经验,彼如何即还彼如何,毫不加以玄想。

二是防经验不足恃,即用人力改进,以补通常经验之不足。

佛家之态度亦尔。彼之"戒""定""慧"三无漏学,皆是改进通常之经验。但科学之改进经验重在客观之物件,佛法之改进经验重存主观之心识。如人患目病,不良于视,科学只知多方移置其物以求一辨,佛法则努力医治其眼以求复明。两者虽同为实验,但在治标治本上有不同耳。

关于佛法与科学之比较,若欲详知者,乞阅上海开明书店代售之佛法与科学之比较研究。著者王小徐,曾留学英国,在理工专科上迭有发见,为世界学者所推重。近以其研究理工之方法,创立新理论解释佛学,因著此书也。

五、佛法非厌世

常人见学佛法者,多居住山林之中,与世人罕有往来,遂疑佛法为消极的、厌世的。此说不然。

学佛法者,固不应迷恋尘世以贪求荣华富贵,但亦决非是冷淡之厌世者。因学佛法之人皆须发"大菩提心"。以一般人之苦乐为苦乐,抱热心救世之弘愿,不惟非消极,乃是积极中之积极者。虽居住山林中,亦非贪享山林之清福,乃是勤修"戒""定""慧"三学以预备将来出山救世之资具耳。与世俗青年学子在学校读书为将来任事之准备者,甚相似。

由是可知谓佛法为消极厌世者,实属误会。

六、佛法非不宜于国家之兴盛

近来爱国之青年,信仰佛法者少。彼等谓佛法传自印度,而印度因此衰亡,遂疑佛法与爱国之行动相妨碍。此说不然。

佛法实能辅助国家,令其兴盛,未尝与爱国之行动相妨碍。印度古代有最信仰佛法之国王,如阿育王、戒日王等,以信佛故,而统一兴盛其国家。其后婆罗门等旧教复兴,佛法渐无势力,而印度国家乃随之衰亡,其明证也。

七、佛法非能灭种

常人见僧尼不婚不嫁,遂疑人人皆信佛法必致灭种。此说不然。

信佛法而出家者,乃为僧尼,此实极少之数。以外大多数之在家信佛法者,仍可婚嫁如常。佛法中之僧尼,与他教之牧师相似。非是信徒皆应为牧师也。

八、佛法非废弃慈善事业

常人见僧尼惟知弘扬佛法,而于建立大规模之学校、医院、善堂等利益社会之事未能努力,遂疑学佛法者废弃慈善事业。此说不然。

依佛经所载,布施有二种:一曰财施,二曰法施。出家之佛徒,以法施为主,故应多致力于弘扬佛法,而以余力提倡他种慈善事业。若在家之佛徒,则财施与法施并重,故在家居士多努力作种种慈善事业,近年以来各地所发起建立之佛教学校、慈儿院、医院、善堂、修桥、造凉亭乃至施米、施衣、施钱、施棺等事,皆时有所闻,但不如他教仗外国慈善家之财力所经营者规模阔大耳。

九、佛法非是分利

近今经济学者,谓人人能生利,则人类生活发达,乃可共享幸福。因专注重于生利。遂疑信仰佛法者,惟是分利而不生利,殊有害于人类,此说亦不免误会。

若在家人信仰佛法者,不碍于职业,士农工商皆可为之。此理易明,可毋庸议。若出家之僧尼,常人观之,似为极端分利而不生利之寄生虫。但僧尼亦何尝无事业,僧尼之事业即是弘法利生。倘能教化世人,增上道德,其间接直接有真实大利益于人群者正无量矣。

十、佛法非说空以灭人世

常人因佛经中说"五蕴皆空""无常苦空"等，因疑佛法只一味说空。若信佛法者多，将来人世必因之而消灭。此说不然。

大乘佛法，皆说空及不空两方面。虽有专说空时，其实亦含有不空之义。故须兼说空与不空两方面，其义乃为完足。

何谓空及不空。空者是无我，不空者是救世之事业。虽知无我，而能努力作救世之事业，故空而不空。虽努力作救世之事业，而决不执着有我，故不空而空。如是真实了解，乃能以无我之伟大精神，而作种种之事业无有障碍也。

又若能解此义，即知常人执着我相而作种种救世事业者，其能力薄，范围小，时间促，不彻底。若欲能力强，范围大，时间久，最彻底者，必须于佛法之空义十分了解，如是所做救世事业乃能圆满成就也。

故知所谓空者，即是于常人所执着之我见打破消灭，一扫而空，然后以无我之精神，努力切实作种种之事业。亦犹世间行事，先将不良之习惯等一一推翻，然后良好之建设乃得实现。

信能如此，若云牺牲，必定真能牺牲；若云救世，必定真能救世。由是坚坚实实，勇猛精进而作去，乃可谓伟大，乃可谓彻底。

所以真正之佛法先须向空上立脚，而再向不空上作去。岂是一味说空而消灭人世耶！

以上所说之十疑及释义，多是采取近人之说而叙述其大意。诸君闻此，应可免除种种之误会。

若佛法中之真义，至为繁广，今未能详说。惟冀诸君从此以后，发心研究佛法，请购佛书，随时阅览，久之自可洞明其义。是为余所厚望焉。

1938 年 10 月 6 日于安海金墩宗祠讲

佛法宗派大概

关于佛法之种种疑问，前已略加解释。诸君既无所疑惑，思欲着手学习，必须先了解佛法之各种宗派乃可。

原来佛法之目的，是求觉悟本无种种差别。但欲求达到觉悟之目的地以前，必有许多途径。而在此途径上，自不妨有种种宗派之不同也。

佛法在印度古代时，小乘有各种部执，大乘虽亦分"空""有"二派，但未别立许多门户。吾国自东汉以后，除将印度所传来之佛法精神完全承受外，并加以融化光大，于中华民族文化之伟大悠远基础上，更开展中国佛法之许多特色。至隋唐时，便渐成就大小乘各宗分立之势。今且举十宗而略述之。

一、律宗（又名南山宗）

唐终南山道宣律师所立。依法华、涅槃经义，而释通小乘律，立圆宗戒体正属出家人所学，亦明在家五戒、八戒义。

唐时盛，南宋后衰，今渐兴。

二、俱舍宗

依俱舍论而立。分别小乘名相甚精,为小乘之相宗。欲学大乘法相宗者固应先学此论,即学他宗者亦应以此为根底,不可以其为小乘而轻忽之也。

陈隋唐时盛弘,后衰。

三、成实宗

依成实论而立。为小乘之空宗,微似大乘。

六朝时盛,后衰,唐以后殆罕有学者。

以上二宗,即依二部论典而形成,并由印度传至中土。虽号称宗,然实不过二部论典之传持授受而已。

以上二宗属小乘,以下七宗皆是大乘,律宗则介于大小之间。

四、三论宗(又名性宗又名空宗)

三论者,即中论、百论、十二门论,是三部论皆依般若经而造。姚秦时,龟兹国鸠摩罗什三藏法师来此土弘传。

唐初犹盛,以后衰。

五、法相宗(又名慈恩宗又名有宗)

此宗所依之经论,为解深密经、瑜伽师地论等。唐玄奘法师盛弘此宗。又糅合印度十大论师所著之唯识三十颂之解释而编纂成唯识论十卷,为此宗著名之典籍。此宗最要,无论学何宗者皆应先学此以为根底也。

唐中叶后衰微,近复兴,学者甚盛。

以上二宗,印度古代有之,即所谓"空""有"二派也。

六、天台宗（又名法华宗）

六朝时此土所立，以法华经为正依。至隋智者大师时极盛。其教义，较前二宗为玄妙。

隋唐时盛，至今不衰。

七、华严宗（又名贤首宗）

唐初此土所立，以华严经为依。至唐贤首国师时而盛，至清凉国师时而大备。此宗最为广博，在一切经法中称为教海。

宋以后衰，今殆罕有学者，至可惜也。

八、禅宗

梁武帝时，由印度达摩尊者传至此土。斯宗虽不立文字，直明实相之理体。而有时却假用文字上之教化方便，以弘教法。如金刚、楞伽二经，即是此宗常所依用者也。

唐宋时甚盛，今衰。

九、密宗（又名真言宗）

唐玄宗时，由印度善无畏三藏、金刚智三藏先后传入此土。斯宗以《大日经》、《金刚顶经》、《苏悉地经》三部为正所依。

元后即衰，近年再兴，甚盛。

在大乘各宗中，此宗之教法最为高深，修持最为真切。常人未尝穷研，辄轻肆毁谤，至堪痛叹。余于个数年前，惟阅密宗仪轨，亦尝轻致疑议。以后阅大日经疏，乃知密宗教义之高深，因痛自忏悔。愿诸君不可先阅仪轨，应先习经教，则可无诸疑惑矣。

十、净土宗

始于晋慧远大师,依无量寿经、观无量寿佛经、阿弥陀经而立。三根普被,甚为简易,极契末法时机。明季时,此宗大盛。至于近世,尤为兴盛,超出各宗之上。

以上略说十宗大概已竟。大半是摘取近人之说以叙述之。

就此十宗中,有小乘、大乘之别。而大乘之中,复有种种不同。吾人于此,万不可固执成见,而妄生分别。因佛法本来平等无二,无有可说,即佛法之名称亦不可得。于不可得之中而建立种种差别佛法者,乃是随顺世间众生以方便建立。因众生习染有浅深,觉悟有先后。而佛法亦依之有种种差别,以适应之。譬如世间患病者,其病症千差万别,须有多种药品以适应之,其价值亦低昂不等。不得仅尊其贵价者,而废其他廉价者。所谓药无贵贱,愈病者良。佛法亦尔,无论大小权实渐顿显密,能契机者,即是无上妙法也。故法门虽多,吾人宜各择其与自己根机相契合者而研习之,斯为善矣。

1938年10月7日于安海金墩宗祠讲

现代大师精品集丛书

佛法学习初步

佛法宗派大概，前已略说。

或谓高深教义，难解难行，非利根上智不能承受。若我辈常人欲学习佛法者，未知有何法门，能使人人易解，人人易行，毫无困难，速获实益耶？

案佛法宽广，有浅自深。故古代诸师，皆判"教相"以区别之。依唐圭峰禅师所撰华严原人论中，判立五教：

一、人天教

二、小乘教

三、大乘法相教

四、大乘破相教

五、一乘显性教

以此五教，分别浅深。若我辈常人易解易行者，惟有"人天教"也。其他四教，义理高深，甚难了解。即能了解，亦难实行。故欲普及社会，又可补助世法，以挽救世道人心，应以"人天教"最为合宜也。

人天教由何而立耶？

常人醉生梦死，谓富贵贫贱吉凶祸福皆由命定，不解因果报应。或有解因果报应者，亦惟知今生之现报而已。若如是者，现生有恶人富而善人

贫,恶人寿而善人夭,恶人多子孙而善人绝嗣,是何故欤?因是佛为此辈人,说三世业报,善恶因果,即是人天教也。今就三世业报及善恶因果分为二章详述之。

一、三世业报

三世业报者,现报、生报、后报也。

一、现报:今生作善恶,今生受报。

二、生报:今生作善恶,次一生受报。

三、后报:今生作善恶,次二三生乃至未来多生受报。

由是而观,则恶人富、善人贫等,决不足怪。吾人惟应力行善业,即使今生不获良好之果报,来生再来生等必能得之。万勿因行善而反遇逆境,遂妄谓行善无有果报也。

二、善恶因果

善恶因果者,恶业、善业、不动业此三者是其因,果报有六,即六道也。

恶业善业,其数甚多,约而言之,各有十种,如下所述。不动业者,即修习上品十善,复能深修禅定也。

今复举恶业、善业别述如下:

恶业有十种:

一、杀生

二、偷盗

三、邪淫

四、妄言

五、两舌

六、恶口

七、绮语

八、悭贪

九、瞋恚

十、邪见

造恶业者，因其造业重轻，而堕地狱、畜生、鬼道之中。受报既尽，幸生人中，犹有余报。今依华严经所载者，录之如下。若诸"论"中，尚列外境多种，今不别录。

一、杀生……短命、多病

二、偷盗……贫穷、其财不得自在

三、邪淫……妻不贞良、不得随意眷属

四、妄言……多被诽谤、为他所诳

五、两舌……眷属乖离、亲族弊恶

六、恶口……常闻恶声、言多诤讼

七、绮语……言无人受、语不明了

八、悭贪……心不知足、多欲无厌

九、瞋恚……常被他人求其长短、恒被于他之所恼害

十、邪见……生邪见家、其心谄曲

善业有十种。下列不杀生等。止恶即名为善。复依此而起十种行善，即救护生命等也。

一、不杀生：救护生命

二、不偷盗：给施资财

三、不邪淫：遵修梵行

四、不妄言：说诚实言

五、不两舌：和合彼此

六、不恶口：善言安慰

七、不绮语：作利益语

八、不悭贪：常怀舍心

九、不瞋恚：恒生慈悯

十、不邪见：正信因果

造善业者，因其造业轻重而生于阿修罗人道欲界天中。所感之余报，与上所列恶业之余报相反。如不杀生则长寿无病等类推可知。

由是观之，吾人欲得诸事顺遂，身心安乐之果报者，应先力修善业，

以种善因。若惟一心求好果报，而决不肯种少许善因，是为大误。譬如农夫，欲得米谷，而不种田，人皆知其为愚也。

故吾人欲诸事顺遂，身心安乐者，须努力培植善因。将来或迟或早，必得良好之果报。古人云"祸福无不自己求之者"，即是此意也。

以上所说，乃人天教之大义。

惟修人天教者，虽较易行，然报限人天，非是出世。故古今诸大善知识，尽力提倡"净土法门"，即前所说之佛法宗派大概中之"净土宗"。令无论习何教者，皆兼学此"净土法门"，即能获得最大之利益。"净土法门"虽随宜判为"一乘圆教"，但深者见深，浅者见浅，即惟修人天教者亦可兼学，所谓"三根普被"也。

在此讲说三日已竟。以此功德，惟愿世界安宁，众生欢乐，佛日增辉，法轮常转。

1938年10月8日于安海金墩宗祠讲

现代大师精品集丛书

佛教之简易修持法

我到永春的因缘,最初发起,在三年之前。性愿老法师常常劝我到此地来,又常提起普济寺是如何如何的好。

两年以前的春天,我在南普陀讲律圆满以后,妙慧师便到厦门请我到此地来。那时因为学律的人要随行的太多,而普济寺中设备未广,不能够收容,不得已而中止。是为第一次欲来未果。

是年的冬天,有位善兴师,他持着永春诸善友一张请帖,到厦门万石岩去,要接我来永春。那时因为已先应了泉州草庵之请,故不能来永春。是为第二次欲来未果。

去年的冬天,妙慧师再到草庵来接。本想随请前来,不意过泉州时,又承诸善友挽留,不得已而延期至今春。是为第三次欲来未果。

直至今年半个月以前,妙慧师又到泉州劝请,是为第四次。因大众既然有如此的盛意,故不得不来。其时在泉州各地讲经,很是忙碌,因此又延搁了半个多月。今得来到贵处,和诸位善友相见,我心中非常的欢喜。自三年前就想到此地来,屡次受了事情所阻,现在得来,满其多年的夙愿,更可说是十分的欢喜了。

今天承诸位善友请我演讲。我以为谈玄说妙,虽然极为高尚,但于现在行持终觉了不相涉。所以今天我所讲的,且就常人现在即能实行的,约

略说之。

因为专尚谈玄说妙，譬如那饥饿的人，来研究食谱，虽山珍海错之名，纵横满纸，如何能够充饥。倒不如现在得到几种普通的食品，即可入口。得充一饱，才于实事有济。

以下所讲的，分为三段。

一、深信因果

因果之法，虽为佛法入门的初步，但是非常的重要，无论何人皆须深信。何谓因果？因者好比种子，下在田中，将来可以长成为果实。果者譬如果实，自种子发芽，渐渐地开花结果。

我们一生所作所为，有善有恶，将来报应不出下列：

桃李种　长成为桃李——作善报善

荆棘种　长成为荆棘——作恶报恶

所以我们要避凶得吉，消灾得福，必须要厚植善因，努力改过迁善，将来才能够获得吉祥福德之好果。如果常作恶因，而要想免除凶祸灾难，哪里能够得到呢？

所以第一要劝大众深信因果了知善恶报应。一丝一毫也不会差的。

二、发菩提心

"菩提"二字是印度的梵语，翻译为"觉"，也就是成佛的意思。发者，是发起，故发菩提心者，便是发起成佛的心。为什么要成佛呢？为利益一切众生。须如何修持乃能成佛呢？须广修一切善行。以上所说的，要广修一切善行，利益一切众生，但须如何才能够彻底呢？须不着我相。所以发菩提心的人，应发以下之三种心：

一、大智心：不着我相　此心虽非凡夫所能发，亦应随分观察。

二、大愿心：广修善行

三、大悲心：救众生苦

又发菩提心者，须发以下所记之四弘誓愿：

一、众生无边誓愿度：菩提心以大悲为体，所以先说度生。

二、烦恼无尽誓愿断：愿一切众生，皆能断无尽之烦恼。

三、法门无量誓愿学：愿一切众生，皆能学无量之法门。

四、佛道无上誓愿成：愿一切众生，皆能成无上之佛道。

或疑烦恼以下之三愿，皆为我而发，如何说是愿一切众生？这里有两种解释：一就浅来说，我也就是众生中的一人，现在所说的众生，我也在其内。再进一步言，真发菩提心的，必须彻悟法性平等，决不见我与众生有什么差别，如是才能够真实和菩提心相应。所以现在发愿，说愿一切众生，有何妨耶！

三、专修净土

既然已经发了菩提心，就应该努力地修持。但是佛所说的法门很多，深浅难易，种种不同。若修持的法门与根器不相契合的，用力多而收效少。倘与根器相契合的，用力少而收效多。在这末法之时，大多数众生的根器，和哪一种法门最相契合呢？说起来只有净土宗。因为泛泛修其他法门的，在这五浊恶世，无佛应现之时，很是困难。若果专修净土法门，则依佛大慈大悲主力，往生极乐世界，见佛闻法，速证菩提，比较容易得多。所以龙树菩萨曾说，前为难行道，后为易行道，前如陆路步行，后如水道乘船。

关于净土法门的书籍，可以首先阅览者，《初机净业指南》、《印光法师嘉言录》、《印光法师文钞》等。依此就可略知净土法门的门径。

近几个月以来，我在泉州各地方讲经，身体和精神都非常地疲劳。这次到贵处来，匆促演讲，不及预备，所以本说的未能详尽。希望大众原谅。

1939年4月16日于永春桃源殿讲

药师如来法门一斑

今天所讲,就是深契时机的药师如来法门。我近年来,与人谈及药师法门时,所偏注重的有几样意思,今且举出,略说一下。

药师法门甚为广大,今所举出的几样,殊不足以包括药师法门的全体,亦只说是法门之一斑了。

一、维持世法

佛法本以出世间为归趣,其意义高深,常人每难了解。若药师法门,不但对于出世间往生成佛的道理屡屡言及,就是最浅近的现代实际上人类生活亦特别注重。如经中所说:"消灾除难,离苦得乐,福寿康宁,所求如意,不相侵陵,互为饶益"等,皆属于此类。就此可见佛法亦能资助家庭社会的生活,与维持国家世界的安宁,使人类在这现生之中即可得到佛法的利益。

或有人谓佛法是消极的,厌世的,无益于人类生活的,闻以上所说药师法门亦能维持世法,当不至对于佛法再生种种误解了。

二、辅助戒律

佛法之中,是以戒为根本的,所以佛经说:"若无净戒,诸善功德不生。"但是受戒容易,得戒为难,持戒不犯更为难。今若能依照药师法门去修持力行,就可以得到上品圆满的戒。假使于所受之戒有毁犯时,但能至心诚恳持念药师佛号并礼敬供养者,即可消除犯戒的罪,还得清净,不至再堕落在三恶道中。

三、决定生西

佛法的宗派非常之繁,其中以净土宗最为兴盛。现今出家人或在家人修持此宗,求生西方极乐世界者甚多。但修净土宗者,若再能兼修药师法门,亦有资助决定生西的利益。依《药师经》说:"若有众生能受持八关斋戒,又能听见药师佛名,于其临命终时,有八位大菩萨来接引往西方极乐世界众宝莲花之中。"依此看来,药师虽是东方的佛,而也可以资助往生西方,能使吾人获得决定往生西方的利益。

再者。吾人修净土宗的,倘能于现在环境的苦乐顺逆一切放下,无所挂碍,则固至善。但是切实能够如此的,千万人中也难得一二。因为我们是处于凡夫的地位,在这尘世之时,对于身体衣食住处等,以及水火刀兵的天灾人祸,都不能不有所顾虑,倘使身体多病,衣食住处等困难,又或常常遇着天灾人祸的危难,皆足为用功办道的障碍。若欲免除此等障碍,必须兼修药师法门以为之资助,即可得到《药师经》中所说"消灾除难离苦得乐"等种种利益也。

四、速得成佛

《药师经》,决非专说世间法的。因药师法门,惟是一乘速得成佛的法门。所以经中屡云:"速证无上正等菩提,速得圆满"等。

若欲成佛,其主要的原因,即是"悲智"两种愿心。《药师经》云:

"应生无垢浊心，无怒害心，于一切有情起利益安乐慈悲喜舍平等之心"就是这个意思。前两句从反面转说，"无垢浊心"就是智心，"无怒害心"就是悲心。下一句正说，"舍"及"平等之心"就是智心，余属悲心。悲智为因，菩提为果，乃是佛法之通途。凡修持药师法门者，对于以上几句经文，尤宜特别注意，尽力奉行。

假使不如此，仅仅注意在资养现实人生的事，则惟获人天福报，与夫出世间之佛法了无关系。若是受戒，也不能得上品圆满的戒。若是生西，也不能往生上品。

所以我们修持药师法门的，应该把以上几句经文特别注意，依此发起"悲智"的弘愿。假使如此，则能以出世的精神来做世间的事业，也能得上品圆满的戒，也能往生上品，将来速得成佛可无容疑了。

药师法门甚为广大，上所述者，不过是我常对人讲的几样意思。将来暇时，尚拟依据全部经义，编辑较完备的药师法门著作，以备诸君参考。

最后，再就持念药师佛名的方法，略说一下。念佛名时，应依经文，念曰"南无药师琉璃光如来"，不可念消灾延寿药师佛。

      1939年4月于永春普济寺讲

现代大师精品集丛书

略述印光大师之盛德

大师为近代之高僧,众所钦仰。其一生之盛德,非短时间所能叙述。今先略述大师之生平,次略举盛德四端,仅能于大师种种盛德中,粗陈其少分而已。

一、略述大师之生平

大师为陕西人。幼读儒书,二十一岁出家,三十三岁居普陀山,历二十年,人鲜知者。至一九一一年,师五十二岁时,始有人以师文隐名登入上海《佛学丛报》者。一九一七年,师五十七岁,乃有人刊其信稿一小册。至一九一八年,师五十八岁,即余出家之年,是年春,乃刊《文钞》一册,世遂稍有知师名者。以后续刊《文钞》二册,又增为四册,于是知名者渐众。有通信问法者,有亲至普陀参礼者。一九三〇年,师七十岁,移居苏州报国寺。此后十年,为弘法最盛之时期。一九三七年,战事起,乃移灵岩山,遂兴念佛之大道场。一九四〇年十一月初四日生西。生平不求名誉,他人有作文赞扬师德者,辄痛斥之。不贪蓄财物,他人供养钱财者至多,师以印佛书流通,或救济灾难等。一生不畜剃度弟子,而全国僧众多钦服其教化。一生不任寺中住持、监院等职,而全国寺院多蒙其护法。各处寺

房或寺产，有受人占夺者，师必为尽力设法以保全之。故综观师之一生而言，在师自己，决不求名利恭敬，而于实际上，能令一切众生皆受莫大之利益。

二、略举盛德之四端

大师盛德至多，今且举常人主力所能随学者四端，略说述之。因师之种种盛德，多非吾人所可及，今所举之四端，皆是至简至易，无论何人，皆可依此而学也。

甲、习劳

大师一生，最喜自作劳动之事。余于一九二四年曾到普陀山，其时师年六十四岁，余见师一人独居，事事躬自操作，别无侍者等为之帮助。直至去年，师年八十岁，每日仍自己扫地，拭几，擦油灯，洗衣服。师既如此习劳，为常人的模范，故见人有懒惰懈怠者，多诫劝之。

乙、惜福

大师一生，于惜福一事最为注意。衣食住等，皆极简单粗劣，力斥精美。一九二四年，余至普陀山，居七日，每日自晨至夕，皆在师房内观察师一切行为。师每日晨食仅粥一大碗，无菜。师自云："初至普陀时，晨食有咸菜，因北方人吃不惯，故改为仅食白粥，已三十余年矣。"食毕，以舌舐碗，至极净为止。复以开水注入碗中，涤荡其余汁，即以之漱口，旋即咽下，惟恐轻弃残余之饭粒也。至午食时，饭一碗，大众菜一碗。师食之，饭菜皆尽。先以舌舐碗，又注入开水涤荡以漱口，与晨食无异。师自行如是，而劝人亦极严厉。见有客人食后，碗内剩饭粒者，必大呵曰："汝有多么大的福气？竟如此糟蹋！"此事常常有，余屡闻及人言之。又有客人以冷茶泼弃痰桶中者，师亦呵诫之。以上且举饭食而言。其他惜福之事，亦均类此也。

丙、注重因果

大师一生最注重因果，尝语人云："因果之法，为救国救民之急务。必

令人人皆知现在有如此因，将来即有如此果，善有善报，恶有恶报。欲挽救世道人心，必须于此入手。"大师无论见何等人，皆以此理痛切言之。

丁、专心念佛

大师虽精通种种佛法，而自行劝人，则专依念佛法门。师之在家弟子，多有曾受高等教育及留学欧美者。而师决不与彼等高谈佛法之哲理，惟一一劝其专心念佛。彼弟子辈闻师言者，亦皆一一信受奉行，决不敢轻视念佛法门而妄生疑议。此盖大师盛德感化有以致之也。

以上所述，因时间短促，未能详尽，然即此亦可略见大师盛德之一斑。若欲详知，有上海出版之印光大师永思集，泉州各寺当有存者，可以借阅。今日所讲者止此。

1941年泉州檀林福林寺念佛期间讲

图画修得法

我国图画,发达盖章。黄帝时史皇作绘,图画之术,实肇乎是。是周聿兴,司绘置专职,兹事浸盛。汉唐而还,流派灼著,道乃烈矣。顾秩序杂遝,教授鲜良法,浅学之士,靡自窥测。又其涉想所及,狃于故常,新理眇法,匪所加意,言之可为于邑。不佞航海之东,忽忽逾月,耳目所接,辄有异想。冬夜多暇,掇拾日儒柿山、松田两先生之言,间以己意,述为是编。夫唯大雅,倘有取于斯欤?

第一章 图画之效力

浑浑圆球,汶汶众生,洪荒而前,为萌为芽,吾靡得而论矣。迨夫社会发达,人类之思想浸以复杂。而达兹思想者,厥有种种符号。思想愈复杂,符号愈精密。其始也蟠屈其指,作式以代,艰苦万状,阙略滋繁。厥后代以语言,发为声响,凡一己之思想感情,佥能婉转以达之,为用便矣。然范围至狭,时间綦促,声响飘忽,霎不知其所极,其效用犹未为完全也。于是制文字、尚纪录,传诸久远,俾以不朽。虽然社会者,经岁月而愈复杂者也。吾人之思想感情,亦复杂日进,殆鲜底止,而语言文字之功用,有时或穷。例如今有人千百,状人人殊。必一一形容其姿态服饰,纵声之舌,笔之书,匪涉冗长;即病疏略,殆犹不毋遗憾。而所以弥兹遗憾济语

言文字之穷者,是有道焉。厥道为何?曰唯图画。

图画者,为物至简单,为状至明确。举人世至复杂之思想感情,可以一览得之。挽近以还,若书籍、若报章、若讲义,非不佐以图画,匡文字语言之不逮。效力所及,盖有如此。

说者曰:图画者娱乐的,非实用的。虽然,图画之范围綦广,匪娱乐的一端所能括也。夫图画之效力,与语言文字同,其性质亦复相似。脱以图画属娱乐的,又何解于语言文字?倡优曼辞独非语言,然则闻倡优曼辞,亦谓语言属娱乐的乎?小说传奇独非文字,然则诵小说传奇,亦谓文字属娱乐的乎?兰尺童子当知其不然矣。人有恒言曰:"言语之发达,与社会之发达相关系。今请易其说曰:图画之发达,与社会之发达相关系,蔑不可也。人有恒言曰:诗为无形之画,画为无声之诗。今请易其说曰:语言者无形之图画,图画者无声之语言,蔑不可也。若以专门技能言之,图画者美术工艺之源本。脱疑吾言,曷鉴泰西一千八百五十一年,英国设博览会,而英产工艺品居劣等。揆厥由来,则以竺守旧法故。爰憬然自省,定图画为国民教育必修科。不数稔,而英国制造品外观优美,依然震撼全欧。又若法国自万国大博览会以来,不惜财力时间劳力,以谋图画之进步,置图画教育视学官,以奖励图画。而法国遂为世界大美术国。其他若美若日本,佥模范法国,其美术工艺,亦日益进步,夫一叶之绢,一片之木,脱加装饰,顿易旧观,唯技术巧拙,各不相捋,价值高下,爰判等差。故有同质同量之物,其价值不无轩轾者,盖有由也。匪直兹也,图画家将绘某物,注意其外形姑勿论,甚至构成之原理,部分之分解,纵极纤屑,靡不加意。故图画者可以养成绵密之注意,锐敏之观察,确实之知识,强健之记忆,著实之想象,健全之判断,高尚之审美心。(今严冷之实利主义、主张审美教育,即美其情操,启其兴味,高尚其人品之谓也)。

此图画之效力关系于智育者也。若夫发扬审美之情操,图画有最大之伟力,工图画者其嗜好必高尚,其品性必高洁,凡卑污陋劣之欲望,靡不扫除而淘汰之,其利用于宗教教育道德上为尤著,此图画之效力关系于德育者也。又若为户外写生,旅行郊野,吸新鲜之空气,览山水之佳境,运动肢体,疏渝精气,手挥目送,神为之怡,此又图画之效力关系于体育者也。今举前所述者,括其大旨,表之如下:

图画之效力 { 实质上 { 普通之技能
专门之技能
形式上 { 智育上
德育上
体育上

第二章　图画之种类

　　图画之种类至繁纂赜，匪一言所可殚。然以性质上言之，判图与画为两种，若建筑图、制作图、装饰图模样等。又不关于美术工艺上者，有地图、海图、见取图（即示意图）、测量图、解剖图等，皆谓之图，多假器械补助而成。若画者，不以器械补助为主。今吾人所习见者，若额面（即带框的画）、若轴物、若画帖，皆普通画也。又以描写方法上言之，判为自在画与用器图两种。凡知觉与想象各种之象形，假目力及手指之微妙以描写者，曰自在画。依器械之规矩而成者，曰用器图。之二者为近今最普通之名称。表其分类之大略如下：

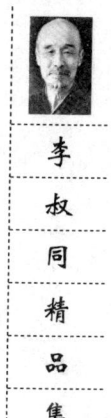

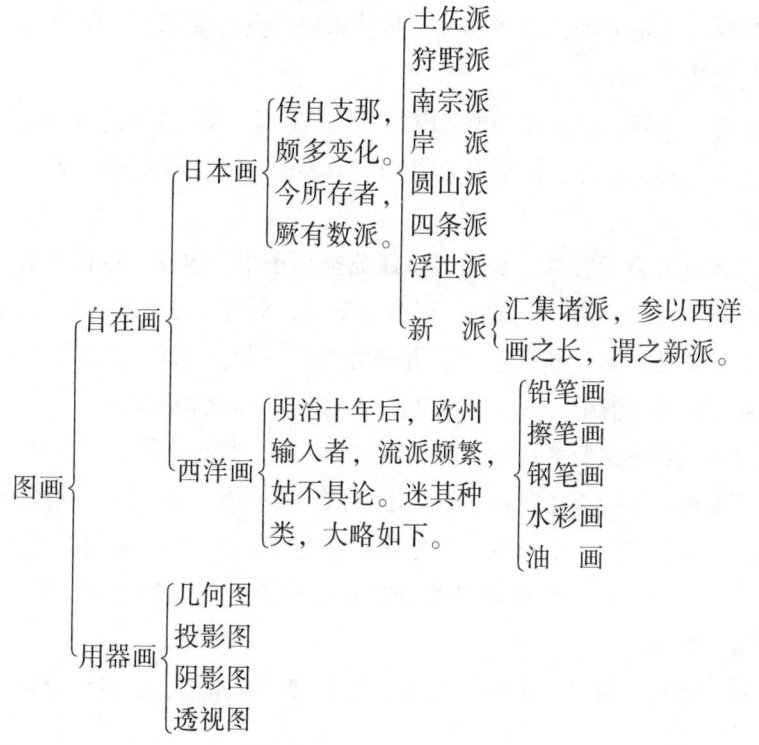

图画 { 自在画 { 日本画 { 传自支那，颇多变化。今所存者，厥有数派。 { 土佐派
狩野派
南宗派
岸　派
圆山派
四条派
浮世派
新　派 { 汇集诸派，参以西洋画之长，谓之新派。
西洋画 { 明治十年后，欧州输入者，流派颇繁，姑不具论。述其种类，大略如下。 { 铅笔画
擦笔画
钢笔画
水彩画
油　画
用器画 { 几何图
投影图
阴影图
透视图

第三章 自在画概说

一、精神法 吾人见一画,必生一种特别之感情。若者严肃,若者滑稽,若者激烈,若者和蔼,若者高尚,若者潇洒,若者活泼,若者沉着,凡吾人感情所由发,即画之精神所由在,精神者千变万幻,匪可执一以搦之者也。竹茎之硬直,柳枝之纤弱,兔之轻快,豚之鲁钝,其现象虽相反,其精神正以相反而见。殊于成心求之,真矣,故作画者必于物体之性质、常习、动作,研核翔审,握管抒写,庶几近之。

二、位置法 论画与画面之关系曰位置法。普通之式,画面上方之空白,常较下方为多。特别之式,若飞鸟轻气球等自然之性质偏于上方,宜于下方多留空白,与普通之式正相反。又若主位偏于一方,有一部歧出,其歧出之地之空白,宜多于主位。其他向左方之人物,左方多空白。向右方之人物,右方多空白。位置大略,如是而已。

三、轮廓法 大宙万类,象形各殊。然其相似之点正复不少。集合相似之点,定轮廓法凡七种。

甲　竿状体 火箸、鞭、杖、棒、旗竿、钓竿、枪、笔、铅笔、帆樯、弓、欠、笛、锹、铳、军刀、筏乘等之器用。竹、蔺草、女郎花等之禾本类隶焉。

乙　正方体(立方平板体、长立方体属此类) 手巾、包袱、石板、书籍、书套、算盘、皮箱、箱子、方盒、砚台、笔袋、镜台、方圆章、方瓶、大盆、烟草盆、刷毛、尺、桥床、几、方椅方凳、马车、汽车、汽船、军舰、帆船、衣服折等之器用。马、牛、鼠、鹿、猫、犬等之兽类隶焉。

丙　球(椭圆卵形属此类) 日、月、蹴球、达摩、假面、茶壶、茶碗、釜、地球仪、瓢帽、眼镜等之器用。桃、李、桔、梨、橙、柿、栗、枇杷、西瓜、南瓜、茄子、葫芦、水仙根、玉葱等之果实野菜类。鸠、家鸭、莺、燕、金鱼、百舌、鹤、雀、鹭等之鸟类。各种之花类。有姿势之兔、鼠、金鱼、龟、茧等隶焉。

丁　方柱 道标、桥栏、邮筒、书箱、纪念碑、五重塔、阶段、家屋等隶焉。

戊　方锥　亭、街灯、金字塔、炭斗、或家屋、建筑物等隶焉。

己　圆柱　竹筒、印泥盒、饭桶、灯笼、鼓、手卷、千里镜、笔筒等之器用类；乌瓜、丝瓜、胡瓜、白瓜、萝卜、藕、荚豆等之野菜类，鳅、鳗、鲇等之鱼类隶焉。

庚　圆椎　独乐、喇叭、笠、伞、蜡烛、桶、洋灯、杯、壶、臼、杵、锥、锚、电灯罩等隶焉。

又有结合七种之形态，成多角体之轮廓，凡花草虫鱼鸟兽人物山水等，属此类者甚多。

1905年秋于日本东京作

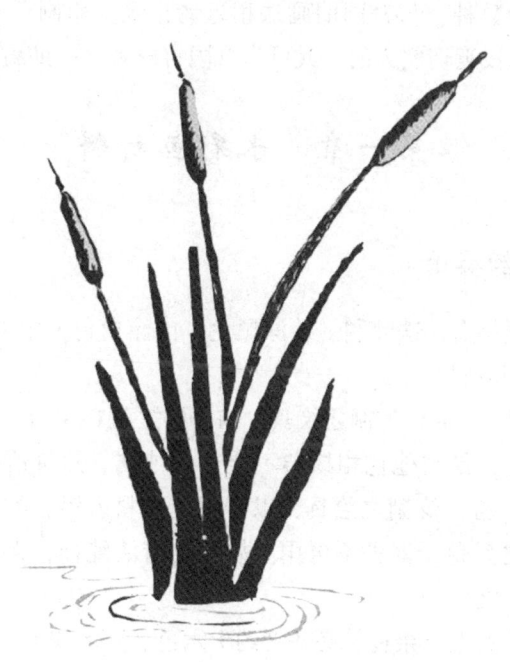

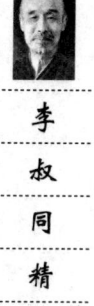

水彩画略论

西洋画凡十数种,与吾国旧画法稍近者,唯水彩画。爰编纂其画法大略,凡十章。以浅近切实为的,或可为吾国自修者之一助焉。

第一章 水彩画材料

第一节 绘具箱

绘具箱即颜料盒,铁叶制、外涂黑色、内涂白色,中以铁叶分划隔开。贮各种绘具(即颜料)。

绘具有两类。(甲)乾制之绘具,与吾国之颜料相似。久藏不变色。惟用时须以笔搅之,易与他色相掺杂不能十分纯洁。然价值较廉,日本中小学校多用之。(乙)炼制之绘具,以溶解之颜料入铅管贮之,用时挤出少许,用毕所余之残色,弃去不再用。故其色清洁纯粹,无污染之虞。今日本水彩画家皆用之。

水彩绘具共有七十余种,必备者约十六色。其名如下:

   法名   英名

 一 Blane de Chine Chinese white

 二 Jaune de Citron Lemon yellow

三 Cadmium Clair　　　Cadmium yellow Pale
四 Cadmium fonee　　　and deep
五 Ochrejaune　　　　　Yellow ochre
六 Vermillon　　　　　　Vermilion
七 Grance fonce　　　　Rose madder
八 Grance rose dore　　Pink madder
九 Ronze de Pouzzolle　Light red
十 Violet demars　　　　Mars violet
十一 Vert emeraude　　Veronese green
十二 Vert Vegetal　　　Hookers green
十三 Indigo　　　　　　Indigo
十四 Bleu de Prusse　　Pmssian blue
十五 Bleu de Cobalt　　Cobah blue
十六 Bleu dontremer　　French ultramarine

今更说明其颜色并用法如左（下）。

（一）Chinese white（以上皆单举英名）其质细而纯白，即吾国之铅粉。水彩画家常用之，与他色混合，不损他色。大抵光线极强之部分，与远景之空气，用之最为合宜。

（二）Lemon yellow 淡黄色，混红色能得肉色。空之部分，又草叶树叶之柔和调子，常用之。

案调子者，色彩调和之谓，与音乐家所用之名词"调子"，文章家所用之名词"格调"，同一意义。

（三）（四）Cadmium yellow Pale and deep 亦黄色，混红色或青色，能得华丽之色彩。（三）较淡，（四）较深。

（五）Yellow ochre 不透明之柔黄色，与 Ultramarine 混和，得绿色。

（六）Vermilion 不透明之朱色，混黄色彩用于明之部分，混 Cobalt 或 ultramarine 之蓝色，用于暗之部分。

（七）Rose madder 玫瑰红色，无论明部或暗部皆可用之，与 Lemon yellow 或 Cadmium yellow 混合得肤色。

（八）Pink madder 亦美丽之淡红色，绘人体或花卉必用之具。

（九）Light red 灰红色，与吾国所用之赭石相似，其用甚广，与 ultra-

marine 混合，得灰色。

（十）Mars Violet 半透明之肉色，与他色混，能得美丽之色。

（十一）Veronese green 美丽之绿色，绘人体或树木山野，不论明暗部分，皆可用之。

（十二）Hookers green 亦绿色，较前稍深，其用甚广。

（十三）Indigo 不透明之暗蓝色，与黄色混，得绿色。

（十四）Prussian blue 透明强蓝色，混黄色，得美绿色；又画天空与水面，得清澈之趣。

（十五）Cobalt blue 半透明之美蓝色，不论明部暗部，皆可用之。混朱或红，得紫色，少加黄色，得温灰色。又画天空或水面，常用之。

（十六）French ultramarine 半透明之青色，阴影部分多用之。混黄色，得种种之绿色。

以上所言，特其大略。至配合之方法，皆在自己实地试验，神而明之，存乎其人。故不赘述。

其绘具箱之价值，最廉者一角八分，笔二支，干制颜色十色附（日本制）然粗劣不适用。最昂者约十元左右（英制或法制），炼制颜色十余色附。

第二节　笔

毛笔以貂毛为最良。此种笔专为水彩画制，大小有十数种。择购三四种已可敷用。其价值不甚昂，日本制者尤廉。

海绵笔洗画上之颜色用，大小有数种。

铅笔画草稿用。H 者，硬之记号，B 者，柔之记号。若记号递加者，其硬柔之度亦递加。学者择与自己顺手者用之，不必拘泥。

第三节　纸

第一种 OW 纸此种纸为英国水彩画协会之特制，在日本购，每张四角。

第二种 whatman 纸（译为"画用纸"）此种用者最多，其价亦稍廉。

此外各种纸，皆不适用。不赘述。

第四节　画板

有大小数种，或自制亦佳。惟木料须坚而平，俾不致有凸起之虞。

未画之前，将画纸裁好，铺画板上，用净水拂拭数次。迨纸质湿透，用纸条抹浆糊，贴其四周，待干后再著色彩。

第二章　水彩画之临本

欧美新教授法，初学绘画，即由写生入手，不用临本。然吾国人知识幼稚，以不谙画法者，强其写生，如坠五里雾中有无从著手之势。况水彩著色，最为复杂。倘不先用临本，知其颜料配合之大概，即从事写生，亦有朱墨颠倒之虞。故初学水彩画，当先用临本。迨稍谙门径，然后从事写生，较为便利。日本水彩画临本，无佳者。以余所见，英国伦敦出版水彩画贴数种尚适用。胪列其名如左（下）：

Vere Foster's water Colour books

（1）Landscape Painting for beginners First Stage（山水）

（2）Landescape Painting for beginners Second stage（山水）

（3）A nimal paintingfor beginners（动物）

（4）Flower Paintingfor beginners（花卉）

（5）Simple lessons in Floloel Painting（花卉）

（6）Simple Lessons in Marine Painting（海景）

（7）Simple Lessons in Landscape Painting（山水）

（8）Studies of Trees（树木）

（9）A dvanced Studies in Flower Painting（花卉）

（10）Advanced Studies in Marine Painting（海景）

以上一至七，皆浅近者；八至十，皆稍深者。以上各种，日本东京丸善株式会社有售者。每册价值约在一元以外。

每册有画十数幅。每画一幅，有说明论一篇。虽英文，然甚浅近。不通英文者，不妨略之。

1905 年冬于日本东京作

石膏模型用法

第一章 石膏模型为学图画者最良之范本

自来图画专门之练习，每取古代制作品及其复制品为范本。但近来于普通教育图画之练习，亦采用此法。其范本以用石膏制之模型为主。

普通教育设图画科，不仅练习手法，当以练习目力为主。此说为今日一般教育家所公认。因眼所见之物体，须知觉其正确之形状。此种知觉之能力，为一般人所不可缺。但依旧式临画之方法以养成此种之能力，至为困难。于是近年以来，欧美各国之普通教育，以实物写生为图画之正课，即用兼习临画者，亦加以种种限制。因临画之教式，教以一定之描写法，利用小巧之手技似甚简便；然能减杀初学者之独创力，生依赖定式之恶习惯，且于目力之练习毫无裨益。故学图画者，当确信实物写生为第一良善之方法。

实物写生，取日常所用简单之器具为范本，固属有益。但初学者练习画线，以单纯之直线曲线构成之物体为宜。又练习阴影。以纯白之物体为宜。石膏模型，仿实物之形状，以美妙之直线与曲线构成，其色纯白，阴影处无色彩错乱之虞。阴阳浓淡之程度，容易判别。故学图画者，当确信石膏模型为实物写生用的第一完全之范本。

石膏模型分二种：

一摹仿古今雕塑之名品杰作之复制品

二作者摹仿实物之创作品

写生练习用，以第一种为宜。因以艺术上之名作为范本，自能悟解线形及骨相纯正之状态，且可以养成审美之智识。

第二章　收藏法

石膏模型，质甚脆弱，最易破坏，且图画用之模型，以纯白为适用。故须注意收藏，不可使受尘埃及油烟。其他污点斑纹亦不可有。石膏模型当贮藏于标本室，不可陈列于图画讲堂。因生徒常见此种标本，日久将毫无新奇之感情，故须另设收藏室，临画时再搬入讲堂。

第三章　教室之选定及室内之设备

写生用教室须高广，向北一面开玻璃窗。如以寻常教室充用，当由一面取光线。倘由二面或三面光线混入，模型之阴影将紊乱，初学者甚困难。

室内之设备，当依其室内之形状酌定，无一定之程式，模型或近壁或在室之中央。如近壁时，壁面以浓色为宜，否则亦可挂布幕以为模型之背景，俾生徒观察物形之外线能十分明了，模型台之高低，当与多数生徒之视线在同一之平位为适宜（生徒座位前列低，后列高，最后列者每直立，故视线之高低不能统一）。

第四章　图画之材料

普通学校图画用纸，虽无一定之限制，但须择其纸质强固，纸面不甚光滑者为宜。描写之材料，有铅笔木炭及黑粉笔等。但其中以木炭为最适用。故西洋各普通学校皆专用木炭。日本之普通学校，从前专用铅笔，近亦兼用木炭。

1913 年春于杭州浙江一师作

书信

致刘质平（不可交寻常之友）

质平仁弟足下：

来书诵悉。《菜根谭》及 M 经，前已收到，曾致复片，计已查收。官费事可由君访察他人补官费之经过情形，由君作函寄来。上款写经、夏二先生及不佞三人，函内详述他省补费之办法。此函寄至不佞处，由不佞与经、夏二先生商酌可也。君在东言行谨慎，甚佳。交友不可勉强，宁无友，不可交寻常之友（或不尽然），虽无损于我，亦徒往来酬酢，作无谓之谈话，周旋消费力学之时间耳。门先生忠厚长者，可以为君之友人。此外不再交友，亦无妨碍。始亲终疏，反致怨尤。故不如于始不亲之为佳也。不佞前致君函有应注意者数条，宜常阅之。又格言数则，亦不可忘。不佞无他高见，惟望君按部就班用功，不求近效。进太锐者恐难持久。不可心太高，心高是灰心之根源也。心倘不定，可以习静坐法。入手虽难，然行之有恒，自可入门（君有崇信之宗教，信仰之尤善，佛、伊、耶皆可）。音乐书前日已挂号寄奉。附一函乞转交门先生。此复，即颂

近佳！

李婴
（1917 年）

致刘质平（宜注意者）

质平居士：

　　手书诵悉，清单等皆收到。愈学愈难，是君之进步，何反以是为忧？B氏曲君习之，似躐等，中止甚是。试验时宜应试，取与不取，听之可也。不佞与君交谊至厚，何至因此区区云"对不起"？但如君现在忧虑过度，自寻苦恼，或因是致疾，中途辍学，是真对不起鄙人矣。从前鄙人与君函内解劝君之言语，万万不可忘记，宜时时取出阅看。能时时阅看，依此实行，必可免除一切烦恼。从前牛山充入学试验，落第四次，中山晋平落第二次，彼何尝因是灰心？总之，君志气太高，好名太甚，"务实循序"四字，可为君之药石也。

　　中学毕业免试科学，是指毕业于日本中学者；君能否依此例，须详询之。证明书容代为商量。五日后返沪，补汇四圆廿钱。前君投稿于《教育周报》，得奖银十六圆。此款拟汇至日本可否？望示知！此复，即颂

　　近佳！

李婴上
一月十八日

　　（再者）鄙人拟于数年之内，入山为佛弟子（或在近一二年亦未可知，

时机远近，非人力所能处也），现已络续结束一切。君春秋尚盛，似不宜即入此道。但如现存之遇事忧虑，自寻苦恼，恐不久将神经混杂，得不治之疾，鄙人可以断言。鄙意以为，君此时宜详审坚决。如能痛改此习，耐心向学，最为中正之道。倘自己仍无把握，不能痛改此习，将来必至学而无成，反致恶果；不如即抛却世事入山为佛弟子，较为安定也。叨在至好，故尽情言之。阅后付丙。

(1917年)

致夏丏尊（代购水笔）

尊居士文席：

顷奉惠书，欣悉此事已承仁者尽力规划，助理一切，至用感谢。征求期限，似宜再暂缓两月，因远方邮便迟滞，恒须一二月乃可达也。陈无我居士因修习密宗法，无暇任事，曾来函辞谢。乞仁者再斟酌延请一位，助理此事，为祷。致稣典居士一纸，乞便中交去。时事不靖，南闽物价昂至数倍乃至廿余倍。朽人幸托庇佛门，诸事安适，至用惭惶。旧存写小字笔已将用罄。乞仁者以护法会资代购小楷水笔数枝，封入信内寄下为感。《护生画集》续编事，关系甚大，务乞仁者垂念朽人殷诚之愿力，而尽力辅助，必期其能圆满成就，感激无量。又有致圆净居士一纸，乞便中交去。迟迟无妨也。赠品以拙书为宜，由泉邮处，可作信件例寄。惟宣纸已无购处，仅能用闽产之纸耳。率复，不宣。

音启闰六月廿七日

倘他日因画材不足，未能成就四编者，亦可先辑一二编，其余俟后络续成之。附白。

致夏丏尊（七秩寿联）

尊居士道鉴：

　　战事纷起，沪上尚平安否？为念。画材数则附奉上，以备采择，以后倘有他处赠与朽人资财者，乞代辞谢，因现不需用也。稣典居士乞代致候。不宣。

音启十一月七日

　　近作附录，南闽道耆宿七秩寿联："老圃秋残，犹有黄花标晚节；澄潭影现，仰观皓月镇中天。"

致夏丏尊（父病日剧）

尊大士座下：

　　赐笺，敬悉。居士戒除荤酒，至善至善。父病日剧，宜为说念佛往生之法。临终一念，最为紧要（临终时，多生多劫以来善恶之业，一齐现前，可畏也）。但能正念分明，念佛不辍，即往生可必（释迦牟尼佛所说，十方诸佛所普赞，岂有虚语）。自力不足，居士能助念之，尤善。劝亲生西方，脱离生死轮回，世间大孝，宁有逾于是者（临终时，万不可使家人环绕，妨其正念。气绝一小时，乃许家人入室举哀，至要至要）。《净土经论集说》，昭庆经房皆备，可以请阅。闻范居士将来杭，在佚生校内讲《起信论》。父病少间，居士可以往听。《紫柏老人集》（如未送还）希托佚生转奉范居士。不慧入山后，气体殊适，可毋念。

演音稽首　六月十八日
（1918年）

致印心、宝善大和尚（遥忆法座）

印心、宝善大和尚座下：

　　拜别慈颜，忽忽三月。音等来此习静念佛，谢绝人事，四大亦粗调适。今岁寒暑不时，比忽暴热。遥忆法座，辄致书问讯，起居安隐。不具。

后学演音、演义稽首　六月初八日

清月大和尚，乞为问安！

灵峰、圆湛大和尚，便中乞为问安！

（1921年）

现代大师精品丛书

致李圣章（剃发出家）

圣章居士慧览：

　　二十年来，音问疏绝。昨获长简，环诵数四，欢慰何如。任杭教职六年，兼任南京高师顾问者二年，及门数千，遍及江浙。英才蔚出，足以承绍家业者，指不胜屈，私心大慰。弘扬文艺之事，至此已可作一结束。戊午二月，发愿入山剃染，修习佛法，普利含识。以四阅月力料理公私诸事：凡油画、美术书籍，寄赠北京美术学校（尔欲阅者可往探询之），音乐书赠刘质平，一切杂书零物赠丰子恺（二子皆在上海专科师范，是校为吾门人辈创立）。布置既毕，乃于五月下旬入大慈山（学校夏季考试，提前为之），七月十三日剃发出家，九月在灵隐受戒，始终安顺，未值障缘，诚佛菩萨之慈力加被也。出家既竟，学行未充，不能利物；因发愿掩关办道，暂谢俗缘（由戊午十二月至庚申六月，住玉泉清涟寺时较多）。庚申七月，至新城贝山（距富阳六十里）居月余，值障缘，乃决意他适。于是流浪于衢、严二州者半载。辛酉正月，返杭居清涟。三月如温州，忽忽年余，诸事安适；倘无意外之阻障，将不他往。当来道业有成，或来北地与家人相聚也。

　　音拙于辩才，说法之事，非其所长，行将以著述之业终其身耳。比年以来，此土佛法昌盛，有一日千里之势。各省相较，当以浙江为第一。

附写初学阅览之佛书数种，可向卧佛寺佛经流通处请来，以备阅览。拉杂写复，不尽欲言。

释演音疏答　四月初六日

尔父处亦有复函，归家时可索阅之。

（1922年）

现代大师精品集丛书

致李圣章（行旅之费）

圣章居士慧览：

　　居衢以来，忽忽半载。温州诸人士屡来函，敦促朽人返彼继续掩室，情谊殷挚，未可固辞。不久即拟启程，行旅之费，已向莲花寺住持借用三十圆。尊处如便，希为代偿，由邮局汇兑此数，以汇券装入函内，双挂号寄交衢州莲花村莲花寺德渊大和尚手收，为祷。温州通讯之处为大南门外庆福寺，是旧游之地也。此次赴温，由衢经松阳、青田，较绕道杭沪稍近，约七日可达。率达，不具。

昙昉疏　四月十七日
（1924年）

致旧师子民、旧友子渊、彝初、少卿、钟华诸居士

旧师子民、旧友子渊、彝初、少卿、钟华诸居士同鉴：

　　昨有友人来，谓仁等已至杭州建设一切，至为欢慰。又闻子师等在青年会演说，对于出家僧众，有未能满意之处。鄙意以为现代出家僧众，诚属良莠不齐。但仁等于出家人中之情形，恐有隔膜。将来整顿之时，或未能——允当。鄙意拟请仁等另请僧众二人为委员，专任整顿僧众之事。凡一切规划，皆与仁等商酌而行，似较妥善。此委员二人，据鄙意，愿推荐太虚法师及弘伞法师任之。此二人，皆英年有为，胆识过人。前年曾往日本考察一切，富于新思想，久有改革僧制之弘愿。故任彼二人为委员，最为适当也。至将来如何办法，统乞仁等与彼协商。对于服务社会之一派，应如何尽力提倡（此是新派）；对于山林办道之一派，应如何尽力保护（此是旧派，但此派必不可废）；对于既不能服务社会，又不能办道山林之一流僧众，应如何处置，对于应赴一派（即专作经忏者），应如何严加取缔；对于子孙之寺院（即出家剃发之处），应如何处置；对于受戒之时，应如何严加限制……如是等种种问题，皆乞仁者仔细斟酌，妥为办理。

俾佛门兴盛，佛法昌明，则幸甚矣。此事先由浙江一省办起，然后遍及全国。弘伞法师现住西湖新新旅馆隔壁招贤寺内。太虚法师现住上海（其住址问弘伞法师便知）。谨陈拙见，诸乞垂察，不具。

弘一 三月十七日

昨闻友人述及仁者五人现任委员。此外尚有数人，或系旧友，亦未可知。并乞代为致候。

（1927年3月17日）

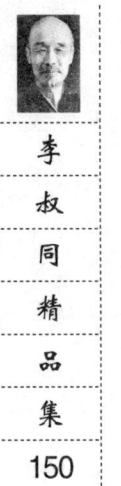

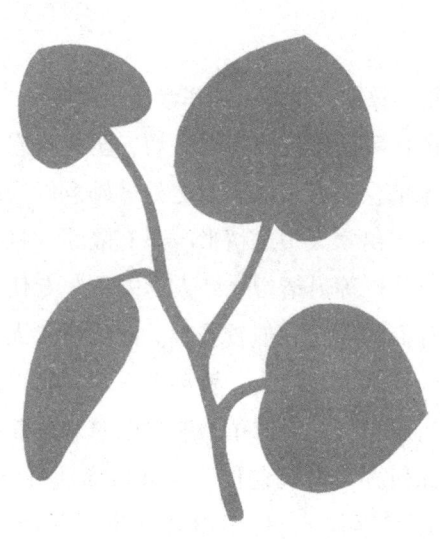

致夏丏尊（衰病之由）

尊居士：

顷诵尊函，并金二十元，感谢无尽。余近来衰病之由，未曾详告仁者。今略记之如下：

去秋往厦门后，身体甚健。今年正月（旧历。以下同），在承天寺居住之时，寺中驻兵五百余人，距余居室数丈之处，练习放枪并学吹喇叭，及其他体操唱歌等。有种种之声音，惊恐扰乱，昼夜不宁。而余则竭力忍耐，至三月中旬，乃动身归来。轮舟之中，又与兵士二百余人同乘（由彼等封船）。种种逼迫，种种污秽，殆非言语可以形容。共同乘二昼夜，乃至福州。余虽强自支持，但脑神经已受重伤。故至温州。身心已疲劳万分。遂即致疾，至今犹未十分痊愈。

庆福寺中，在余归来之前数日，亦驻有兵士，至今未退。楼窗前二丈之外，亦驻有多数之兵。虽亦有放枪喧哗等事，但较在福建时则胜多多矣。所谓"秋荼之甘，或云如荠"也。余自念此种逆恼之境，为生平所未经历者，定是宿世恶业所感，有此苦报。故余虽身心备受诸苦，而道念颇有增进。佛说八苦为八师，洵精确之定论也。余自经种种摧折，于世间诸事绝少兴味。不久即正式闭关，不再与世人往来矣（以上之事，乞与子恺一谈。他人之处，无须提及为要）。以后通信，唯有仁者及子恺、质平等。其他如

厦门、杭州等处，皆致函诀别，尽此形寿不再晤面及通信等。以后他人如向仁者或子恺询问余之踪迹者，乞以"虽存如殁"四字答之，并告以万勿访问及通信等。质平处，余亦为彼写经等，以塞其责，并致书谢罪。现在诸事皆已结束。惟有徐蔚如编校《华严疏钞》，嘱余参订，须随时通信。返山房之事，尚须斟酌，俟后奉达（临动身时当通知）。山房之中，乞勿添制纱窗，因余向来不喜此物。山房地较高，蚊不多也。余现在无大病，惟身心衰弱，又手颤、眼花、神昏、臂痛不易举，凡此皆衰老之相耳。甚愿早生西方。谨复，不具——。

演音　旧四月廿八日

马居士石图章一包，前存子恺处。乞托彼便中交去，并向马居士致诀别之意。今后不再通信及晤面矣。

（1930年）

现代大师精品集丛书

致刘质平（四联句）

质平居士：

　　廿五日自甬寄来之函，诵悉。近日身体已如常，终日劳动，亦不甚疲倦，乞释远念。书件已写毕（惟除大厅二十八对未写），如此功德圆满，可为庆慰。俟仁者来寺之后小住，或朽人与仁者同暂时出外，云游绍、嘉、杭、沪、甬诸处，约一二月再归法界寺。统俟晤面时再约定也。不宣。

　　　　　　　　　　　　　　九月廿九日夕　一音疏

乞购大块之墨一方带下。
附写四联句：

　　　今日方知心是佛
　　　前身安见我非僧
　　　事业文章俱草草
　　　神仙富贵雨茫茫
　　　凡事须求恰好处
　　　此心常懔自欺时
　　　事能知足心常惬
　　　人到无求品自高

（1931年）

致刘质平（商定船室）

质平居士丈室：

前寄至上海一函，想已收到。余决定于十九日（星期三）下午三时到宁波车站（风雨无阻，但若小船因风大或其他特别事故，不能开行，则须改至再下星期三，即廿六日），乞仁者预早与林君商定船室，最好仍住买办房中（即上次所住者），因行李甚多，此房极大，可以存置也。行李本拟不多带，今因仍搭永川轮船，故改为多带数件，计如下所记：

仁者第一次由伏龙寺带去之网篮两只。

一月前由陈伦孝居士托余姚站带上行李三件（计书箱二只，铺盖一件）。

以上共五件，乞仁者预早搬入船内。俟余到甬后，即可径上船也。此外尚有仁者第二次带甬之书籍等（一网篮、一麻袋），则乞仍存仁者之处，无须移动也。种种费神，感谢无尽。

十月十四日　演音启

（1931 年）

致瑞今法师（办小学之意）

瑞今法师：

　　弘一提倡办小学之意，决非为养成法师之人材，例如天资聪颖，辩才无碍，文理精通，书法工秀等，如是等决非弘一所希望于小学学僧者（或谓小学办法，第一须求文理通顺，并注重读诵等。此仍是养成法师之意，与弘一之意不同）。

　　弘一提倡之本意，在令学者深信佛菩萨之灵感，深信善恶报应因果之理，深知如何出家及出家以后应做何事，以造成品行端方、知见纯正之学僧。至于文理等在其次也。儒家云：

　　"士先器识而后文艺"，亦此意也。谨书拙见，以备采择。

　　　　　　　　　　　　　　　　七月十四日晨弘一

　　　　　　　　　　　　　　　　　　　（1934年）

致刘质平（青岛）

质平居士文席：

　　雨奉惠书，具悉一一。承施资财，至感！此次到青岛后，如入欧美乡村，其建筑风景，为国内所未见也。前有友人劝余编辑儿童唱歌一卷，约初小程度，略含佛教浅理而无宗教色彩，以备佛教信者及他教信徒用之。未知仁者有暇任此事否？《清凉歌集》出版现象如何？仁者于下半年仍居宁波否？便乞示及！谨复，不宣。

　　　　　　　　　　　　　　　　　　　　演音启

致刘质平（遗嘱一印书）

遗 嘱

刘质平居士披阅：

　　余命终后，凡追悼会、建塔及其他纪念之事，皆不可做。因此种事与余无益，反失福也。

　　倘欲做一事业与余为纪念者，乞将《四分律比丘戒相表记》印二千册。

　　以一千册交佛学书局（闸北新民路国庆路口［即居士林旁］）流通，每册经手流通费五分，此资即赠与书局。请书局于《半月刊》中登广告。

　　以五百册赠与上海北四川路底内山书店存贮，以后赠与日本诸居士。

　　以五百册分赠同人。

　　此书印资，请质平居士募集，并作跋语附印书后，仍由中华书局石印（乞与印刷主任徐曜居士接洽，一切照前式，惟装订改良）。

　　此书原稿，存在穆藕初居士处。乞托徐曜往借。

　　此书系为余出家以后最大之著作，故宜流通以为纪念也。

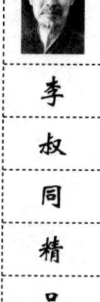

弘一书

（1936年）

致仁开法师（退而修德）

仁开法师道鉴：

前承过谈，惠施多品，感谢无尽！荷施十金，拟以请购日本古版佛书，而为永久纪念也。承示诸事，朽人已详细思审，至为惭惶。朽人初出家时，常读灵峰诸书，于"不可轻举妄动。贻羞法门"、"人之患在好为人师"（此语出《孟子》，《宗论》引用）等语，服膺不忘。岂料此次到南闽后，遂尔失足，妄踞师位，自命知律，轻评时弊，专说人非。大言大惭，罔知自省。去冬大病，实为良药。但病后精力乍盛，又复妄想冒充善知识。卒以障缘重重，遂即中止。至古浪后，境缘愈困，烦恼愈增。因以种种方便，努力对治。幸承三宝慈力加被，终获安稳。但经此风霜磨炼，遂得天良发现，生大惭愧。追念往非，噬脐无及。决定先将"老法师"、"法师"、"大师"、"律师"等诸尊号，一概取消。以后誓不敢作冒牌交易。且退而修德，闭门思过。并拟将《南山三大部》重标点一次，誓以努力随分研习。倘天假之年，成就此愿。数载之后，或以一得之愚，卑陬下座，与仁等共相商榷也。前承仁等所示诸事，今非其时，愿俟异日。诸希谅察为幸！谨陈，不宣。

演音

此书本拟请传贯师赍奉。适今口有便人，其带奉。朽人当来居处，无有定所。犹如落叶，一任业风飘泊可耳。

（1936年）

致寄慈、刘质平（减少通信）

寄慈、质平居士惠鉴：

在甬渚承爱护，感谢无已。嘱写之件，俟稍暇为之，因不欲潦草塞责也。朽人近年以来，各地书札甚多，苦于无暇答复。今居乡间，付邮尤为不便。故自今以后，拟减少通信之处。唯有仁等及其他数处，仍继续通信。此外皆暂不通讯及晤面。印两师处亦不再通信及晤面。以后仁等如与印西师晤面时或通信时，谈及朽人者，乞告彼云："朽人决定遁世埋名，居住无定所，不愿告人，以后请彼勿再通信及晤面云云"。谨达，不具。

陶居士，乞为致候。

音上
（1936年）

致圆净居士（自之著作）

圆净居士再览：

仁者致常师书，诵悉一一。承询之事，其一册，为《行事钞》中一部分之科表，唯录旧科而已；其一册，为《行事钞持犯方轨表解》之初稿。若欲出版，尚须精校重为编订。朽人近来对于自己之著作，不愿轻易出版者：（一）因以凡夫情见僭为编述者，恐未能契理契机。必须先生西方，回入娑婆，乃可负荷弘法之重任；（二）因律学专门之撰述，出版之后，无人能读，难于流通。昔蔚如居士刻《南山律书》近百余卷，除赠送之外，罕闻有人出资请购者。即赠送与人，读者亦希，仅藏置高阁耳。且如朽人近编之《南山律在家备览略编》，因普被在家人故，将来出版之后，慕名而请购者，或尚有一二百人。若真能披读而研习了解其义者，或亦仅有仁者及古农、幼希数居士耳。近来目疾增剧，抄录《备览》仅及一半，约五十余页。尚有一半，未抄录。谨复，不具。

音启　五月十二日

附一纸，乞于便中交夏居士为感！此次书写《备览》稿，颇为用心。每写一页，须一小时以上乃至两小时。附呈废稿《十善法》一纸。

（1939年）

致奉若居士（食物之事）

奉若居士澄览：

关于食物之事，略陈拙见如下，乞为转陈执务者，为感！

依律，食物亦名曰药，以其能调和四大，令获康健，俾能精进办道。但贪嗜甘美之物，律所深呵。常食昂价之品，尤为失福。故以价廉而适于卫生之物最为合宜也。

豆类，含有蛋白质，为最重要之滋养品。但亦不能多食，多食则不消化（与常人食补药者同，须以少量而每日食之，但不可一次多量，若过量者，反致增疾）。

蔬菜之类，且就本寺现有者言之。

菠菜，为菜中之王，含有铁质及四种维他命，为滋补最良之品。

白萝卜，俗称菜头，亦甚能滋补。红萝卜亦然。

白菜，亦甚佳（或白色或绿色皆佳）。

若芥菜、雪里红，则性稍燥，不可常食。

花生，含有油质，食之有益（但不可多食）。

且以拙见言之，菜食一盂之中，约以蔬菜占五分之四，豆类及花生等占五分之一，乃为适宜也。

近来本寺送与朽人之菜食，其中豆类太多，蔬菜太少，未能调和，故陈拙见，以备采择。

再者，前朽人云，不愿食菜心及冬笋者，因其价昂而不食，非因齿力不足也。菜心与白菜相似，而价昂数倍。冬笋价极昂，西医谓其未含有何种之滋养质也。

又香菇亦不宜为常食品，明莲池大师曾力诫之。

煮豆类、花生及蔬菜之汤，亦不可弃，其中含有多份之滋养料。倘弃其汤，而唯食其质，犹如服中国药者，弃其药汤而唯食其药渣也。

朽人齿力尚健，以刀切蔬菜时，不妨切大块，咀嚼甚易也。

以上种种拙见，乞为执务者讲解其义，令彼了知，至用感谢！谨陈，不宣。

十二月廿七日　善梦启
（1939年）

弘一法师绝笔

（一）

律华法师澄览：

朽人与仁者多生有缘，故能长久同住，彼此均获利益。朽人对仁者之善根道念，十分钦佩。朽人抚心自问，实万分不及其一。故朽人与仁者长久同住，能自获甚大之利益也。妙莲法师行持精勤，悲愿深切，为当代僧众中所罕见者，且如朽人心中敬彼如奉师长。但朽人在世之时，畏他人嫉妒疑议，不敢明言。今朽人已西归矣。心中尚有悬念者，以仁者年龄太幼，若非亲近老成有德之善知识，恐致退惰。故敢竭其愚诚，殷勤请于仁者。乞自今以后，与妙莲法师同住，且发尽形承侍之心，奉之如师，自称弟子；并乞彼时赐教诲，虽受恶辣之钳锤，亦应如饮甘露，万勿舍弃。至嘱！至嘱！

演音弘一敬白

（二）

妙斋法师鉴：

　　先念"南无阿弥陀佛"十句。手持供水及米粒，至出生台前。念云：以此供水及米粒，施与一切神鬼等众。惟愿是诸神鬼等众，早得人身，消除业障，往生极乐世界，速证无上菩提。并愿以此施食功德，普施有情，齐成佛道。又念"四生登于宝地"等四句，又念"南无阿弥陀佛"十句毕。仁者施食，可依此行也。

音启

（1941年）

现代大师精品集丛书

致夏丏尊(闽中平静)

李叔同精品集

尊居士慧览:

惠书,诵悉一一。子恺处已久不通信。闻友人云,彼之通讯处,为重庆沙坪坝国立艺术专校(据彼八月廿五日之信云云)。闽中平静如常。仁者能入闽任职,则生活可无虑矣。泉州物价之昂,自昔以来,冠于全闽。但米价每石亦仅一百七十圆左右。其他闽中产米之区,如漳州及闽东等处,则仅五十圆左右。泉州街市无乞丐(另设乞丐收容所)。物价亦不甚昂。华侨家族生活亦大致可维持,因努力种植,生产量甚富也。统观全闽气象,与承平时代相差无几。朽人于十四年前,无意中居住闽南(本拟往暹罗,至厦门而中止),至今衣食丰足,诸事顺遂,可谓侥幸,至用惭愧。唯从前发愿编辑律宗诸书,大半未成就。拟于双十节后,即闭关著书,辞谢通信及晤谈等事。以后于尊处亦未能通信。仁者欲知朽人之近状者,乞常访问上海慕尔鸣路一百十一弄六号大法轮书局陈无我居士及彼处同住之陈海量居士。因泉州诸僧,常与海量通信,彼深知朽人之近状也。朽人近作,屡载《觉有情》半月刊(无我所办)中,乞仁者定此月刊一份(自今年正月始尤善,每年一圆余),即可常阅览朽人之近作也。苏慧纯居士,亦为海量

之旧友。仁者能常与海量晤谈，当获益匪浅也（指导生活，安慰心灵）。不宣。

音启　十月一日

附呈相一纸，为去秋九月所摄。佛名二纸，乞结缘。

（1941 年）

致刘质平（遗嘱）

质平居士文席：

朽人已于九月初四日谢世。

曾赋二偈，附录于后：

　　君子之交，
　　其淡如水。
　　执象而求，
　　咫尺千里。
　　问余何适，
　　廓尔亡言。
　　华枝春满，
　　天心月圆。
　　前所记月日，系依农历也。谨达，不宣。

音启

序跋题偈

呜呼！词章！

予到东后，稍涉猎日本唱歌，其词意袭用我古诗者，约十之九五（日本作歌大家，大半善汉语）。我国近世以来，士习帖括，词章之学，佥蔑视之。挽近西学除入，风靡一时，词章之名辞几有消灭之势……迨见日本唱歌，反啧啧称其理想之奇妙，凡我古诗之唾余，皆认为岛夷所固有，既出冷于大雅，亦贻笑于外人矣（日本学者皆通《史记》、《汉书》，昔有日本人举史汉事迹置诸吾国留学生，而留学生茫然不解其所谓，且不知《史记》、《汉书》为何物，致使日本人传为笑柄）。

1905年秋于日本东京作，后收入《音乐小杂志》

《二十自述诗》序

　　堕地苦晚，又撄尘劳。木替花荣，驹隙一瞬。俯仰之间，岁已弱冠。回思曩事，恍如昨晨。欣戚无端，抑郁谁语？爰托毫素，取志遗踪。旅邸寒灯，光仅如豆，成之一夕，不事雕劖。言属心声，乃多哀怨。江关庾信，花鸟杜陵。为溯前贤，益增惭恧！凡属知我，庶几谅予。庚子正月。

1900年2月于上海城南草堂作

《李庐印谱》序

　　自兽蹄鸟迹，权舆六书。抚印一体，实祖缪篆。信缩戈戟，屈蟠龙蛇。范铜铸金，大体斯得，初无所谓奏刀法也。赵宋而后，兹事遂盛。晁王颜姜，谱派灼著。新理泉达，眇法葩呈。韵古体超，一空凡障，道乃烈矣。清代金石诸家，收辑探讨，突驾前贤；旁及篆刻，遂可法尚。丁黄唱始，奚蒋继声，异军突起，其章章焉。盖规秦抚汉，取益临池，气采为尚，形质次之。而古法畜积，显见之于挥洒，与诠之于刻画。殊路同归，义固然也。不佞僻处海隅，味道憒学，结习所在，古欢遂多。爰取所藏名刻，略加排辑，复以手作，置诸后编，颜曰《李庐印谱》。太仓一粒，无裨学业，而苦心所注，不欲自薶。海内博雅，不弃寙陋，有以启之，所深幸也。

　　　　　　　　1900年2月于上海城南草堂作

《诗钟汇编初集》序

己亥之秋，文社叠起，闻风所及，渐次继兴。义取盍簪，志收众艺。寸金双玉，斗角钩心。各擅胜场，无美弗备，鄙谬不自揣，手录一编。莛撞管窥，矢口惭讷。佚漏之弊，知不免焉。尤望大雅宏达，缀而益之，以匡鄙之不逮云。当湖惜霜仙史识。

（内书："当湖惜霜仙史编辑"，"庚子莫春，李庐校印"。）

1900年4月于上海城南草堂作

《李庐诗钟》自序

　　索居无俚，久不托音。短檠夜明，遂多羁绪。又值变乱，家国沦陷。山邱华屋，风闻声咽。天地顿隘，啼笑胥乖。乃以余闲，滥竽文社，辄取两事，纂为俪句。空梁落燕，庭草无人。只句诊异，有愧向哲。岁月既久，储积寖繁。覆瓿摧薪，意有未忍。有付剞劂，就正通人。技类雕虫，将毋齿冷？赐之斧削，有深企焉。庚子嘉平月。

　　　　　　　　1901年1月于上海城南草堂作

《城南草堂笔记》跋

云间许幻园姻谱兄，风流文采，倾动一时。庚子初夏，余寄居城南草堂，由是捉膝论文，迄无虚夕。今春养疴多暇，数日间著有笔记三卷，将付剞劂。窃考古人立言，与立德立功并重。往往心有所得，辄札记简帙，兼收并载，积日既久，遂成大观。如宋之《铁围丛谈》，本朝《茶余客话》、《柳南随笔》之类。今幻园以数日而成书三卷，其神勇尤为前人所不及。他日润色鸿业，著作承明，日试万言，倚马可待，则幻园之学，岂遽限于是哉。时在辛丑元宵后，余将有豫中之行，君持初稿属为题词，奈行李匆匆，竟未得从容构想。爰跋数语，以志钦佩。当湖惜霜仙史李成蹊漱筒甫倚装谨识。

1901年3月于上海城南草堂作

《国学唱歌集》序

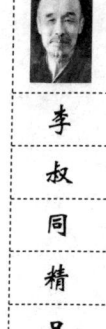

乐经云亡，诗教式微，道德沦丧，精力爨摧。三稔以还，沈子心工，曾子志忞，绍介西乐于我学界，识者称道毋稍衰。顾歌集甄录，佥出近人撰著，古义微言，匪所加意。余心恫焉，商量旧学。缀集兹册。上溯古毛诗，下逮昆山曲，靡不鳃理而会粹之。或谱以新声，或仍其古调，颜曰《国学唱歌集》。区类为五：

毛诗三百，老唱歌集。数典忘祖，可为于邑。"扬葩"第一。
风雅不作，齐竽竞嘈。高矩遗我，厥唯楚骚。"翼骚"第二。
五言七言，滥觞汉魏。瑰伟卓绝，正声罔愧。"修诗"第三。
词托比兴，权舆古诗。楚雨含情，大道在兹。"摭词"第四。
余生也晚，古乐靡闻。夫唯大雅，卓彼西昆。"登昆"第五。

1905年秋于日本东京作

《音乐小杂志》序

  闲庭春浅，疏梅半开。朝曦上衣，软风入媚。流莺兰五，隔树乱啼；乳燕一双，依人学语。上下宛转，有若互答，其音清脆，悦魄荡心。若夫萧辰告悴，百草不芳。寒蛩泣霜，杜鹃啼血；疏砧落叶，夜雨鸣鸡，闻者为之不欢，离人于焉陨涕。又若登高山，临钜流，海鸟长啼，天风振袖，奔涛怒吼，更相逐搏，砰磅訇磕，谷震山鸣。懦夫丧魄而不前，壮士奋袂以兴起。呜呼！声音之道，感人深矣。惟彼声音，佥出天然；若夫人为，厥有音乐。天人异趣，效用靡殊。

  繄夫音乐，肇自古初，史家所闻，实祖印度，埃及传之，稍事制作；逮及希腊，乃有定名，道以著矣。自是而降，代有作者，流派灼彰，新理泉达，瑰伟卓绝，突轶前贤，迄于今兹，发达益烈。云瀹水涌。一泻千里，欧美风靡，亚东景从，盖琢磨道德，促社会之健全；陶冶性情，感情神之粹美。效用之力，宁有极矣。

  乙巳十月，同人议创《美术杂志》，音乐隶焉。乃规模粗具，风潮突起。同人星散，瓦解势成。不佞留滞东京，索居寡侣，重食前说，负疚何如？爰以个人绵力，先刊《音乐小杂志》，饷我学期，期年二册，春秋刊行。蠡测莛撞，矢口惭讷。大雅宏达，不弃窾陋，有以启之，所深幸也。

呜呼！沉沉乐界，眷予情其信芳。寂寂家山，独抑郁而谁语？矧夫湘灵瑟渺，凄凉帝子之魂；故国天寒，呜咽山阳之笛。春灯燕子，可怜几树斜阳；玉树后庭，愁树一钩新月。望凉风于天末，吹参差其谁思！瞑想前尘，辄为怅惘。旅楼一角，长夜如年。援笔未终，灯昏欲泣。时丙午正月三日。

1906年1月27日于日本东京作

为杨白民书座右铭跋

  古人以除夕当死日。盖一岁尽处,犹一生尽处。昔黄檗禅师云:预先若不打彻,腊月三十日到来,管取你手忙脚乱。然则正月初一便理会除夕事不为早,初识人事时便理会死日事不为早。那堪荏荏苒苒,悠悠扬扬,不觉少而壮,壮而老,老而死,况更有不及壮且老者,岂不重可衰哉!故须将除夕无常,时时警惕。自誓自要,不可依旧蹉跎去也。
  余与白民交垂二十年,今岁余出家修梵行,白民犹沉溺尘网。岁将暮,白民来杭州,访余于玉泉寄庐,话旧至欢。为书训言二纸贻之,余愿与白民共勉之也。戊午除夕雪窗大慈演音。

1919 年 1 月 31 日于杭州玉泉寺作

《朱贤英女士遗画集》题辞

壬子春,予在城东授文学,贤英女士始受予教。其后屡以书画,乞为判正,勤慎恳到,冠于同辈。未几负疾,废学家居。前年侍母朝普陀,礼观音大士,受三归依。自是信佛至笃,修习教典,精进靡间。去岁四月,余来沪,居城东,贤英过谈半日。勉以专修持名念佛,毋旁骛他法。其时贤英至心信受,深自庆幸。乃以幻缘既尽,殇于岁晚。净业始萌,朝露溘至,可叹嘅也。比者,同学将集其遗画,影印辑帙,以志哀思;远征题辞于予,为记其往昔因缘如是。

1922年3月于温州庆福寺题

赠夏丏尊篆刻题记

　　十数年来，久疏雕技。今老矣，离俗披剃，勤修梵行，宁复多暇耽玩于斯？顷以幻缘，假立臣（即私字）名及以别字，手制数印，为志庆喜。后之学者览兹残砾，将毋笑其结习未忘耶？于时岁阳玄黓吷舍佉月白分八日。余与丏尊相交久，未尝示其雕技，今赍以供山房清赏。弘裔沙门僧胤并记（案所刻五印皆白文，为大慈、弘裔、胜月、大心凡夫、僧胤）

1922年春于温州庆福寺作

《李息翁临古法书》序

　　居俗之日，尝好临写碑帖。积久盈尺，藏于丏尊居士小梅花屋，十数年矣。尔者居士选辑一帙，将以锓版示诸学者，请余为文冠之卷首。夫耽乐书术，增长放逸，佛所深诫。然研习之者能尽其美，以是书写佛典，流传于世，令诸众生欢喜受持，自利利他，同趣佛道，非无益矣。冀后之览者，咸会斯旨。乃不负居士倡布之善意耳。岁躔鹑尾，如眼书。

1929 年春于厦门南普陀作

胡寄尘编《四上人诗钞》题记

　　禅宗诸师所撰诗偈，多寓玄旨，非思量卜度能了知也。或惟玩其藻，冲穆清逸，亦足淡世情而遗荣利。寄尘居士，近辑《四上人诗钞》，以巧方便，导俗砭世，意至善也。音初剃染，披寻雪窦语录，于其诗偈，有能默诵者。犹忆一绝云："六合茫茫竟不知，灵山经夏是便宜。虚堂夜静闲无事，留得禅僧立片时。"是所谓空灵觉悟也。寄尘之辑，倘亦有感于斯。用志数言，以墨其端。沙门如眼书。

1929年春于厦门南普陀作

晚晴院额跋

唐人诗云:"人间爱晚晴。"髫龀之岁喜诵之。今垂老矣,犹复未忘,亦莫自知其由致也。因颜所居曰晚晴院,聊以记念旧之怀耳。书者永宁陶长者文星,年九十三。陶长者既为余书晚晴院额,张居士蔚亭,并写此本。耄德书翰,集于一堂,弥足珍玩,不胜忭跃,沙门弘一识。

1929年10月于温州庆福寺作

《华严集联三百》序

　　割裂经文,集为联句,本非所宜。今循道侣之请,勉以辍辑。其中不失经文原意者虽亦有之,而因二句集合,遂致变易经意者,颇复不鲜。战兢悚惕,一言三复,竭其驽力冀以无大过耳。兹事险难,害多利少,寄语后贤,毋再赓续。偶一不慎,便成谤法之重咎矣。

　　华严全经有两译:一晋译有六十卷三十四品,二唐译有八十卷三十九品,若其支流一品别译道,凡三十余部。唯唐贞元译《普贤行愿品》四十卷,传诵最广。盖是晋、唐泽全经中《入法界品》别译本也。今所集者,都三百联。自晋译华严经偈颂中集辑百联(附录四联,原文连续,非是集缀)。自唐译华严经偈颂中集辑百联(附录集句二十五联,为前百联之余;又附八联,原文边续,非是集缀)。自唐贞元译华严经普贤行愿品偈颂中集辑百联(附录二联,原文边续,非是集缀)。

　　后贤书写者,于联句旁,或题曰"某译华严经偈颂集句",或题曰"某译大方广佛华严经偈颂集句",或题曰"某译大方广佛华严经某品某品偈颂集名"。集字勿冠经名之上,昭其敬重耳。

　　辑录联文,悉依上句而为次第。唯唐贞元译七言末四联,补集后写,未依经次。字音平仄,惟调句末一字,余字不论。一联之中,无有复字。唯晋译八言行第一,重如字,以义各异,姑附存之。

只句片言,文义不具;但睹集联,宁识经旨。故于卷末,别述《华严经读诵研习入门次第》一卷。唯愿后贤见集联者,更复发心,读诵研习华严大典。以兹集联为因,得入毗卢渊府,是尤余所希冀者焉。于时岁次鹑首四月二十一日、大回向院胜髻书。

1931年6月6日于浙江上虞法界寺作

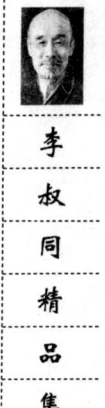

过化亭题记

　　泉郡素称海滨邹鲁,朱文公尝于东北高阜,建亭种竹,讲学其中,岁久倾圮。明嘉靖间,通判陈公重建斯亭,题曰过化,后亦毁于兵燹。尔者叶居土青眼欲复古迹,请书亭额补焉。余昔在俗,潜心理学,独尊程朱。今来温陵,补题过化,何莫非胜缘耶。逊国后二十四年,岁在乙亥,沙门一音书,时年五十有六。

　　　　　　　　1931年6月6日于浙江上虞法界寺作

《护生画集》题赞

李（圆净）、丰（子恺）二居士，发愿流布《护生画集》，盖以艺术作方便，人道主义为宗趣。每画一叶，附白话诗选，录古德者十七首，余皆贤瓶闲道人补题。并书二偈，而为回向。

我依画意，
为白话诗。
意在导俗，
不尚文词。
普愿众生，
承斯功德。
同发菩提，
往生乐国。

1928年秋于上海江湾丰子恺寓作

《淡斋画册》题偈

镜华水月，
当体非真。
如是妙观，
可谓智人。

1930年夏于浙江上虞白马湖晚晴山房作

竹园居士幼年书法题偈

文字之相，
本不可得。
以分别心，
云何测度。
若风画空，
无有能所。
如是了知，
乃为智者。

竹园居士，善解般若，余谓书法亦然。今以幼年所作见示，叹为玄妙，即依是义，而说二偈。癸酉正月，无碍。

1933 年 2 月于厦门妙释寺作

净峰种菊临别口占

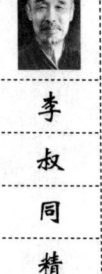

  乙亥四月,余居净峰,植菊盈畦。秋晚将归去,犹复合蕊未吐。口占一绝。聊以志别。

        我到为植种,
        我行花未开。
        岂无佳色在,
        留待后人来。

           1934年10月于惠安净峰作

灵岩山印光真达二老像题词

灵岩中兴，
厥惟二老。
缵述有人，
绍隆永保。
披图寻览，
若觌高贤。
愿兹绘卷，
奕叶绵传。

丁丑夏五月　沙门一音

1937年7月于青岛湛山寺作

现代大师精品集丛书

马冬涵居士三异图题偈

非三而说三,
了三即是一。
亦未可云同,
那复分别异。

冬涵居士画三异图,为题此偈。亡言。

1938年5月于漳州瑞竹岩作

永春郑翘松居士《卧云楼诗存》题偈

一言一字，
莫非实相。
周遍法界，
光明无量。
似镜现像，
若风画空。
如斯妙喻，
乃契诗宗。

1940年秋于永春篷山作

王梦惺居士文稿题赞

文以载道,
岂唯辞华。
内蕴真实,
卓然名家。
居士孝母,
腾誉乡里。
文章艺术,
是其余技。
士应文艺以人传,
不应人以文艺传。
至哉斯言,
居士有焉。

庚辰仲秋　晚晴老人

1940年秋于永春蓬山作

《药师经析疑》回向偈

愿以此功德,
消除宿现业。
增长诸福慧,
圆成胜善根。
所有刀兵劫,
及与饥馑等。
悉皆尽灭除,
世界永升平。
风雨常调顺,
人民悉康宁。
法界诸含识,
同证无上道。

1941年末作,附于《药师经析疑》之末

受赠红菊报偈

辛巳初冬,秋阴凝寒,贯师赠余红菊花一枝,为说此偈。

亭亭菊一枝,
高标矗劲节。
云何色殷红?
殉教应流血!

1941年冬于晋江福林寺作

临灭遗偈

君子之交,
其淡如水。
执象而求,
咫尺千里。
问余何适?
廓尔亡言。
花枝春满,
天心月圆。

1942年10月7日于泉州温陵养老院写,又名《监寂报偈遗友诀别》,系弘一大师于圆寂前书写。